Pia Recht

I0570561

Der Herzschlag Connemaras
Zwei Herzen

Die Deutsche Nationalbibliothek verzeichnet diese Publikation in der Deutschen Nationalbibliographie. Detaillierte bibliographische Daten sind im Internet über http://www.dnb.de abrufbar.

Pia Recht
»Der Herzschlag Connemaras: Zwei Herzen«
Teil 3 der Connemara-Trilogie

Bisher erschienen:

Pia Recht
»Der Herzschlag Connemaras: Deccys Vermächtnis«
Teil 2 der Connemara-Trilogie
ISBN 978-3-9817967-0-4

Pia Recht
»Der Herzschlag Connemaras: Kastanienrot«
Teil 1 der Connemara-Trilogie
ISBN 978-3-9816987-1-8

Deutsche Erstveröffentlichung
1. Auflage 2017
Alle Rechte vorbehalten
2017 Pia Recht
Lektorat & Satz: KopfKino-Verlag
Covergestaltung: coverandbooks / Rica Aitzetmüller
Umschlagmotiv: Tiramisu Studio / Adobe Stock
Druck: createspace.com

KopfKino-Verlag
Thomas Dellenbusch
Gluckstr. 10
D-40724 Hilden

ISBN: 978-3-9818651-0-3

www.MeinKopfKino.de

Pia Recht

Der Herzschlag Connemaras

Zwei Herzen

ROMANCE

Über KopfKino:

KopfKino, das sind berührende, nachdenkliche oder auch spannende Geschichten in **Spielfilmlänge**. Ihre ungefähre Lesezeit liegt zwischen 60 und 180 Minuten.

Sie eignen sich daher wunderbar für all die vielen kleinen zeitlichen Zwischenräume, die das Leben hat: für die Reisezeit in Bahn, Bus, Auto oder Flugzeug, für die Stunden in Wartezimmern, beim Friseur, im Café, während der Dialyse, für den Nachmittag im Freibad oder am Strand, vor dem Schlafengehen oder einfach so für zwischendurch, um ein, zwei oder drei Stunden unterhaltsam zu füllen.

Da ihre Lesezeit ungefähr der Länge eines Spielfilms entspricht, eignen sie sich auch hervorragend, um sie sich gegenseitig vorzulesen und den Fernseher einmal ausgeschaltet zu lassen. Lassen Sie sich von Fernseher und Leinwand nicht das ganze Vergnügen abnehmen.

Genießen Sie Ihren eigenen Film auf der größten Kinoleinwand der Welt: Ihrer Fantasie!

Jede Erzählung ist als eBook und als Hörbuch erhältlich, viele auch als Taschenbuch.

Informieren Sie sich regelmäßig auf
MeinKopfKino.de
über Neuerscheinungen, die Autoren, Termine für Lesungen, Hintergründe, oder laden Sie sich einzelne Geschichten als eBook oder Hörbuch herunter.

Gefahr bei den Klippen

»Wo ist Rose?«, fragte John, »wo ist unsere Tochter?«

Siobhan stand vor ihm, zeigte augenblicklich mit einer Hand Richtung Küchentür: »In der Küche. Sie hat nicht mitbekommen, dass du hier bist.«

Eine Sekunde lang zögerte John, dann stürmte er zur Tür und riss sie auf. »Rose!« Siobhan war direkt hinter ihm. Gemeinsam betraten sie die kleine Küche. Auf dem Tisch befanden sich wild durcheinander Zutaten, die das kleine Mädchen zusammengesucht hatte, um einen Schokoladenkuchen zu backen. Doch keine Spur von Rose.

Das Gewitter, das sich während des Nachmittags zusammengebraut hatte, wurde stärker. Erneut schlug ein Blitz in der Nähe ein. Der Boden unter ihren Füßen vibrierte, und die Küchenlampe flackerte. Regen trommelte vom Sturm getrieben schräg gegen die Fenster. Siobhan warf sich einen Regenmantel über und stürmte nach draußen. John hastete ohne Jacke hinter ihr her, war augenblicklich durchnässt, kehrte aber nicht um. Vom Garten aus suchten sie erst die Pferdekoppel ab und liefen dann hinüber zum Stall.

Nach Luft ringend rief Siobhan: »Sie weiß, dass sie nicht allein zu den Pferden gehen soll, aber vielleicht hat sie sich gerade deshalb dort versteckt.«

»Sie hört doch unser Rufen.«

»Ja«, erwiderte Siobhan, packte ihn am durchweichten Ärmel seines Hemdes und zog ihn mit sich. »Doch wenn sie sich verkriecht, wird sie nicht herauskommen, nur weil sie uns hört.«

Das niedrige Stallgebäude lag hinter der Obstbaumwiese. Mit jedem Schritt versanken sie im hohen Gras und in aufgeweichter Erde. Die Stalltür, die sonst mit einem Riegel verschlossen war, drehte in den Angeln hin und her. Sie stürmten in den Stall, in dem vier Pferdeboxen und eine kleine Sattelkammer Platz fanden. Aus drei Boxen blickten Pferde aufmerksam von ihrem Heu auf.

»Oh nein«, flüsterte Siobhan, rannte an John vorbei und kontrollierte das Sattelzeug. »Dieses freche Biest«, fluchte sie, »hat das Pony genommen.«

John starrte vom freien Sattelhalter hinüber zur leeren Box. Rose war einfach davongeritten. So, wie sie es bei Sorgen auch schon in Letterfrack getan hatte. Nur mit dem Unterschied, dass sie dort gewusst hätten, wo sie suchen mussten.

In der Stallgasse zog Siobhan den Regenmantel aus, warf ihn über die Boxentür.

»Wie finden wir sie nur?« Ihre Haut juckte fürchterlich unter dem Wollkleid. Sie zerrte es sich kurzentschlossen über den Kopf, stand in Unterwäsche vor John und zog den Regenmantel wieder an. Sie knotete den Gürtel darüber fest um ihre Taille, bevor er etwas sagen konnte.

»Wir sind nur einmal ausgeritten und haben den Wanderpfad an den Klippen entlang genommen. Das Gelände ist gefährlich bei Dunkelheit und vor allem bei diesem Wetter.«

»Ich glaube eher, dass sie Richtung Letterfrack will. Nach Hause.«

»Den Weg kennt sie nicht. Wir sollten warten, bis Julie mit dem Wagen zurück ist, dann fahren wir den Pfad ab. Sie wird uns belauscht haben.«

Nachdenklich streichelte John einen Schimmel, der ihm neugierig die Nüstern entgegen streckte.

»Das ist doch kein Grund, davonzulaufen.«

»John, sie hat uns gehört! Kinder laufen davon, wenn sie so etwas von ihren Eltern hören.«

Er setzte zu einer Erwiderung an, trotz der nassen Klamotten am Leib fror er plötzlich nicht mehr, sein Blutdruck schnellte hoch. Bevor er eine hitzige Debatte eröffnen konnte, hörten sie einen Wagen auf dem Parkplatz neben dem Stall ankommen.

»Julie«, rief Siobhan und rannte nach draußen. Eine Sekunde lang blieb John im Stallgebäude stehen, dann hastete er ihr hinterher.

Als Julie aus ihrem Suzuki stieg und gerade den Regenschirm aufspannen wollte, stand Siobhan bereits vor ihr.

»Rose ist fort«, rief sie, drängte ihre Freundin zurück in den Wagen. »Sie hat Crumble genommen.«

Julie startete den Motor.

»Weshalb ist sie abgehauen, noch dazu bei dem Wetter?«

Statt einer Antwort griff Siobhan vom Beifahrersitz herüber und drückte auf die Hupe. John erschien neben dem Auto.

»Oh«, machte Julie, »ich verstehe.«

Sie fuhren los, bogen bereits nach wenigen hundert Metern von der Landstraße auf den Wanderpfad ab.

»Wir fahren so weit es geht«, sagte Julie, »dann müssen wir zu Fuß weiter.«

»Wie nahe kommen wir den Klippen?«, fragte John von der Rückbank. Siobhan erwiderte: »Nahe genug zum Abstürzen, wenn man den Pfad verlässt. Aber das Pony wird auf dem Weg bleiben, es kennt die Strecke.«

»Es ist ein Wunder, dass sie Crumble vom Stall wegbekommen hat«, bemerkte Julie. »Der geht nicht gerne allein ins Gelände.«

Mit angespannten Nerven fuhren sie durch den dichten Regen den einsamen Feldweg entlang, der durch Grasflächen und steinigen Boden führte. Die Lichtverhältnisse waren so schlecht, dass Julie das Fernlicht einschaltete. Dann wurde der Pfad so schmal, dass sie auch mit dem kleinen Geländewagen nicht weiterkamen.

»Wir können nicht einmal seinen Hufspuren folgen«, sagte Julie. »Alle schon weggespült.«

»Und hoffentlich ist sie auf dem Weg geblieben«, erwiderte John. Der kalte Wind ließ ihn erschaudern. Er marschierte los, Siobhan folgte ihm. Sie riefen nicht mehr, sahen sich nur immer wieder in alle Richtungen um, suchten nach dem Fuchspony und dem Mädchen.

Nach einigen Schritten drehte John sich zu Siobhan um und versuchte, ihr ein aufmunterndes Lächeln zu zeigen. Trotz des Regens sah er ihre Tränen. Ohne zu zögern nahm er sie in die Arme und drückte sie an sich.

»Wir finden sie schon«, sagte er und erstarrte bei ihrer schluchzenden Erwiderung: »Es ist wie damals, als wir Deccy in den Bergen gesucht haben. Da waren wir auch zu spät.«

Sie presste ihr Gesicht gegen Johns Brust, zitternd vor Angst und Anspannung. In seiner festen Umarmung beruhigte sie sich ein wenig, und als sie aufsah, entdeckte sie eine Bewegung in den Regenschleiern.

»Crumble!«, rief Julie von der Seite, und das Pony trabte mit hochgerissenem Kopf auf sie zu. Zügel und Steigbügel schlackerten. Sie fingen das Tier ein, übergaben es an Julie, die es am Zügel hielt und mit der anderen Hand schnell die schlenkernden Steigbügelriemen über den Sattel legte.

Ein Blitz erhellte die Szene. Keine Spur von Rose.

»Sie ist abgestiegen oder heruntergefallen«, sagte Siobhan, »um Himmels willen, hoffentlich ist ihr nichts passiert.«

Erneut drängte sich die Erinnerung an die Suche nach Deccy in den Vordergrund, und Siobhan zuckte beim nächsten Blitzschlag panisch zusammen.

»Teilen wir uns auf«, schrie John gegen den peitschenden Wind an. »Ich nehme die Seite an der Klippe, du die andere.«

»Pass auf dich auf«, rief Julie. Sie hatte Mühe, Crumble zu halten, der aufgeregt um sie herumtänzelte. »Der Boden geht an manchen Stellen schon einen halben Meter neben dem Pfad den Abhang runter.«

»Eben«, kam es von John zurück. Es war das Albtraumbild, das sich in seinem Kopf festsetzte: Rose von Crumble abgeworfen und über den Rand der Klippe gestürzt. Er sah ihre kleinen Hände nach Grasbüscheln und Wurzeln greifen, während sie mit einem Schrei in die Tiefe stürzte.

Zwei Jahre zuvor

Siobhan Palfrey ritt auf dem schmalen Wanderpfad durch die Moorlandschaft in Richtung See. Es regnete seit Stunden, und der Boden war aufgeweicht. Die Wiesen um sie herum dampften in der warmen Luft. Ihr Handy klingelte. Sie hielt an, angelte das Telefon aus der Tasche und meldete sich mit genervter Stimme. Swiffer, ihr gescheckter Wallach, wurde ebenfalls ungeduldig und tänzelte auf der Stelle.

»Ich habe sie noch nicht gefunden, John. Aber ich weiß, wohin sie gegangen sein muss. Ich melde mich.«

Sie steckte das Handy wieder ein, ließ Swiffer in einen flotten Trab fallen. Wie sie es erwartet hatte, fand sie Rose am See. Das Mädchen saß trotz des Regens auf dem gemauerten Ufer, die nackten Füße im Wasser. Ihr Pony Matthew stand hinter ihr und wartete. Das leuchtend rote Haar, Erbe ihrer Mutter, war zu einem Zopf geflochten, der ihr nass und schwer bis zwischen die Schulterblätter hing. Rose drehte sich nicht um, als sie hörte, dass ihre Mutter neben ihr abstieg und sich dann zu ihr auf den Steinrand setzte.

»Ich weiß, wie schlimm es sich anfühlt«, begann Siobhan. Hinter ihnen steckten Swiffer und Matthew die Nüstern zusammen, beschnupperten sich und fingen an zu grasen.

»Ich will hier nicht weg.« Rose war fünf Jahre alt, aber in diesem Moment klang ihre Stimme wie die eines sehr viel älteren Mädchens. »Ich will die Ponys und Captain nicht verlassen. Ich will in den Ferien zu Gramps fahren.«

»Darüber haben wir doch schon gesprochen, Liebes. Wenn wir nach Australien gehen, dürfen wir sie nicht mitnehmen. Sie erlauben nicht, dass man Tiere mitbringt.« Siobhan strich ihr übers Haar, und endlich wandte Rose sich ihr zu. In ihren grünen Augen standen Tränen. Sie weinte selten. Selbst bei einem Abwurf im hohen Bogen von den Shetlandponys verzog sie keine Miene.

»Warum können wir nicht einfach hierbleiben?«

Siobhan seufzte. Sie hatten es immer wieder erklärt und mit Rose besprochen, aber das Mädchen gab die Hoffnung nicht auf, dass alles so bleiben würde, wie es war. Sie wollte nicht aufgeben.

»Komm schon«, sagte Siobhan, »wir reiten nach Hause, und dann trinken wir Kakao mit Sahne.«

»Tod durch Schokolade«, erwiderte Rose mit dem Namen des bekannten irischen Desserts und versuchte ein Lächeln. Sie fuhr sich fahrig mit der flachen Hand übers Gesicht, als wolle sie sich damit Mut machen. Sie zog sich ihre Schuhe wieder an, kletterte von der Mauer auf Matthews Rücken, nahm die Zügel auf und folgte ihrer Mutter. Siobhan sah sich mehrmals zu ihrer Tochter um, aber Rose hielt den Kopf gesenkt.

Als sie den Hof erreichten, trat John aus dem Haus und ging ihnen entgegen. Er wechselte einen schnellen Blick mit Siobhan, die nur warnend die Brauen hob. Bei Roses Verschwinden hatten sie darüber diskutiert, ob ihr kleiner Wildfang Verständnis oder mal wieder ein ernstes Wort ihres Vaters brauchte. Jetzt schaltete John in den Verständnis-Modus.

»Tochter Rose«, begann er, streckte die Arme aus und hob sie vom Pony, »wir haben uns Sorgen gemacht. Wie oft haben wir darüber gesprochen, dass du nicht allein ausreiten sollst?«

Es war Roses Standardantwort. Sie machte einen Schmollmund und sagte: »Sehr oft, Dad.«

John lächelte und gab ihr einen Kuss auf die Stirn. Sie wussten beide, dass es hier nicht um das Ausreiten ging. Deshalb blieb eine weitere Strafpredigt aus.

Familie Palfrey lebte schon einige Wochen aus Umzugskartons. Seit Jahren versuchte John vergeblich, einen neuen Job in Irland oder Großbritannien zu finden. Doch dann hatte er im Dubliner Flughafen einen ehemaligen Arbeitskollegen getroffen. Und nach all den erfolglosen Anstrengungen, über Internetportale und Headhunter eine neue Stelle zu bekommen, bot ihm ausgerechnet dieser Ex-Kollege einen Traumjob an.

Siobhan versorgte die Pferde, die sie noch auf dem Hof hatten. Bis auf die Shettys Matthew and Son, sowie Swiffer und Sheldon hatten sie alle anderen in Privathände abgegeben, und diese letzten vier erhielten morgen bei Donna ein neues Zuhause. Die Trennung fiel nicht nur Rose schwer. Siobhan hatte sich zunächst über Johns Nachricht sehr gefreut, er habe ein Jobangebot erhalten, bis zu dem Moment, als er sagte, dass es weder in Dublin noch in London sein würde.

»Wie bringen wir das Rose bei?« Siobhan dachte zuerst nicht daran, wie sich ihr Leben in Australien veränderte; sie wäre mit John überall hingegangen, auch bis ans Ende der Welt. Aber sie machte sich Sorgen um Rose, wie ein kleines Kind es verkraftete, alles hinter sich lassen zu müssen. Nicht nur die Freundinnen in der Vorschule, auch ihre Umgebung, die Verwandten und ihre Tiere. Darüber hatten sie diskutiert ohne Ende.

Roses erste Frage war: »Wo ist Australien?«, und sie zeigten ihr das riesige Land auf dem Laptop, zoomten hinein nach Perth, erzählten ihr von den Tieren, die dort lebten.

»Die tragen ihre Babys in Beuteln herum?« Rose kicherte, war sofort fasziniert von den Bildern der Wildpferde. »Wie kommen wir da hin? Mit einem Flugzeug?«

»Dann fliegen wir beide zum allerersten Mal«, sagte Siobhan. Das Gespräch verlief gut, bis zu dem Zeitpunkt, als Rose wissen wollte, ob Captain auch einen Sitzplatz neben ihr hätte und wie die Ponys ins Flugzeug kämen? Sie reagierte verstört, als Siobhan sehr vorsichtig erklärte, dass sie die Tiere zurück lassen mussten. Seitdem kämpfte Rose um jede Stunde, die sie mit ihren Ponys und dem alten Labrador verbringen konnte.

Unaufhaltsam näherte sich der Tag des Umzugs, des endgültigen Abschieds. Siobhan organisierte den Abtransport der verkauften Pferde und das Treffen mit einem Makler, der den Hof schätzte und dann über seine Agentur verkaufen sollte.

John wollte aus diesem letzten Tag auf dem Keating-Hof etwas Besonderes machen. Erst plante er ein großes Abschiedsfest, verwarf es aber wieder, als Siobhan meinte, sie wolle nicht vor allen Freunden und Nachbarn die Fassung verlieren.

»Ich weiß vor lauter Arbeit nicht, wo mir der Kopf steht«, sagte sie, »ich habe nicht einmal Zeit für einen Nervenzusammenbruch. Und wenn ich ihn dann habe, möchte ich den nicht allen Freunden präsentieren.«

Deshalb unternahmen sie zu dritt einen langen Spaziergang, der sie durch Letterfrack und zurück auf die nun verwaisten Weiden führte. Der Umzugswagen stand auf dem Hof, die meisten Dinge waren bereits aufgeladen. Es tat Siobhan im Herzen weh, die alten Möbel im Haus lassen zu müssen, und sie hoffte, dass der Käufer nicht alles auf den

Müll werfen würde. Nicht einmal den alten Kleiderschrank von Deccy konnte sie mitnehmen.

Die australische Firma war so dankbar, endlich einen Contract Manager aus England zu bekommen, dass sie ein Haus bereitstellten. Ein komplett eingerichteter Bungalow in Brigadoon, einem Vorort von Perth.

»Du wirst eine große Schule besuchen und viele neue Freunde finden«, versprach Siobhan, aber Rose blieb stumm. Sie protestierte nicht mehr. Still und verschlossen ging sie zwischen ihren Eltern, die sie rechts und links an den Händen hielten. So hatten sie ihr das Laufen beigebracht, und jetzt, in dieser kritischen Situation, benötigte Rose wieder besondere Zuwendung und Unterstützung.

Der Abschied am nächsten Morgen verlief so hektisch, dass keine Zeit für Gefühlsausbrüche blieb. Rory fuhr sie nach Dublin, während die Umzugsfirma mit dem Hausrat folgte. Die ganze Fahrt über blieb Rose stumm, beantwortete auch die Fragen ihrer Eltern nicht, die versuchten, sie aufzumuntern.

»Ich bin so nervös«, sagte Siobhan, als sie die Hinweisschilder zum Flughafen passierten, »mein erster Flug und dann auch noch Langstrecke.«

»In den sieben Stunden von Dublin nach Dubai kannst du dich auf den folgenden langen Flug einstimmen«, erklärte John. »Wir fliegen Luxus, du wirst in deinem Sitz schlafen wie in deinem eigenen Bett.«

»Oder du nimmst Baldrian«, warf Rory ein, setzte den Blinker und bog auf die Zufahrtsstraße zum Terminal 1 ab. »Mir hilft das immer.« Er schaute prüfend in den Rückspiegel, versuchte Blickkontakt mit Rose herzustellen, aber die saß unbeweglich auf ihrem Platz und starrte aus dem Seitenfenster. Sie wussten alle, was sie gerade machte.

Sie ließ ihre Heimat hinter sich und nahm so viele Eindrücke wie möglich auf, um sie in Erinnerung zu behalten.

Wie sich herausstellte, war es Rose, die den Flug so gelassen wie eine kleine Vielfliegerin hinnahm, sich nur während der Starts und Landungen krampfhaft an die Armlehnen krallte, um schließlich in ihrem Sitz einfach einzuschlafen. Der Koala, ein Geschenk von Rory, rutschte ihr im Schlaf aus dem Arm, und Siobhan steckte ihn sanft zurück an ihre Seite. Siobhan selbst bekam kein Auge zu, blätterte unruhig durch das Magazin der Fluglinie, versuchte sich vorzustellen, sie sei eine gestresste Geschäftsfrau und mache solche Flüge ständig. Es blieb ihr ein Rätsel, wer diese ganzen überflüssigen Produkte aus dem Katalog während des Flugs kaufte. Sie berührte Johns Arm und hielt ihm das Magazin entgegen.

»Wer kauft so ein Zeug?«, flüsterte sie, tippte auf die Seite mit den überteuerten Gesichtscremes und obskuren Produkten gegen Stress und Falten. »Das ist doch nicht ernst gemeint, oder?« Eine professionell freundliche Stewardess kam heran, und augenblicklich schüttelte Siobhan den Kopf und schlug hastig die Zeitschrift zu.

»Die ganze Welt ist voll mit unnützem Kram, und jeden Morgen steht ein Dummer auf, der glaubt, etwas davon zu brauchen.« John küsste sie auf die Nasenspitze. Nur einen Moment überlegte er, ob Siobhan sich in der Welt, in die er sie brachte, wohlfühlen würde, dann schob er diesen Zweifel beiseite. *Ich habe sie weder gezwungen noch überredet*, dachte er, nahm seine Frau in den Arm und drückte sie an sich. *Sie war sofort einverstanden, nach Australien zu gehen, als ich ihr von dem Angebot erzählt habe. Sie weiß, dass der Neuanfang schwierig wird, aber wir halten zusammen. Wir drei.*

John lehnte sich in seinen Sitz zurück, schloss die Augen und dachte an die Hochzeit und an die Geburt von Rose. Die wichtigsten Ereignisse in seinem Leben, die alles zum Guten verändert hatten. Zur Hochzeit hatten sie ganz Letterfrack, die besten Freunde und alle Verwandten eingeladen. Sie wurden überhäuft mit Geschenken und Glückwünschen. Siobhan sah in ihrem schlichten und doch eleganten Kleid so umwerfend aus, dass er sich während der Trauung zusammenreißen musste, vor purem Glück nicht in Tränen auszubrechen. Er erinnerte sich daran, dass er Jahre zuvor, bei ihrem Kennenlernen, nicht in der Lage gewesen war, sich diese schöne Frau in ihrem alten Pullover und in den verschlammten Jeans in einem stilvollen Abendkleid vorzustellen.

Als Engländer war er es gewohnt, dass Familienfeiern in muntere Saufgelage ausarteten, aber er hatte nicht erwartet, dass eine irische Hochzeit selbst das noch in den Schatten zu stellen vermochte. Die letzten Betrunkenen verließen erst am nächsten Mittag das Village Inn, damit die Hotelangestellten endlich mit den umfangreichen Aufräumarbeiten beginnen konnten.

Rose machte das Glück perfekt, sie vervollständigte das dritte Herz des Kleeblattes. Sie kam mit einem weichen Flaum blonder Haare zur Welt, aber als Siobhan sie an sich drückte, flüsterte sie John zu: »Sie wird eine richtige Keating.« Und damit behielt sie Recht. Als Rose das Laufen lernte, war ihr Haar flammenrot. Sie wuchs nicht nur auf dem Hof zwischen Hunden, Katzen und Pferden auf, sie hatte ebenso die Liebe zu Natur und Tieren von ihrer Mutter geerbt. Mit natürlicher Selbstverständlichkeit ging Rose mit allen Tieren um, und so war es kein Wunder, dass Siobhan sie auf Ausritten mitnahm, bevor sie überhaupt laufen konnte. Sie setzte die Kleine einfach vor sich in den Sattel, und Rose giggelte die ganze Zeit glücklich vor sich hin.

Meine zwei irischen Mädchen, dachte John, blickte neben sich und lächelte. Siobhan machte ein verbissenes Gesicht, aber sie hielt sich tapfer und verdrehte die Augen, als sie Johns Blick bemerkte. Rose schlief wie ein Stein, den Kopf an den Arm ihrer Mutter gelehnt, ihren Koala unter das Kinn gedrückt.

»Wir tun das Richtige«, flüsterte John, »alles wird gut werden.«

»Ich weiß«, erwiderte Siobhan.

Während des Fluges von Dubai nach Perth überkam auch Siobhan die Müdigkeit, und sie schlief mehrere Stunden lang. John und Rose sahen sich einen Zeichentrickfilm an, den sie zwar bereits kannten, aber hoch über den Wolken und mit Kopfhörern war das wie in einem Privatkino.

Als sie endlich in Perth landeten und zum Security Check anstanden, waren sie mit den Nerven fertig und völlig erschöpft. Rose schlief auf Johns Arm, Siobhan gähnte ununterbrochen und war nicht in der Lage, die Fragen der netten Beamtin zu beantworten. Das übernahm John. Sein neuer Arbeitgeber, ein Hersteller von Solaranlagen, hatte sich um alle nötigen Papiere für die Einwanderung gekümmert.

Siobhan und Rose schliefen auf dem Rücksitz des Leihwagens, mit dem John nach Brigadoon fuhr. Fast vierundzwanzig Stunden dauerte ihre Reise um die Welt nun schon. Sehr früh am Morgen, noch vor Sonnenaufgang, fand John den Bungalow auf dem Caspian Way nur mit Hilfe des Navigationssystems. Nach den langen Jahren in Irland und besonders in Connemara schienen alle Entfernungen in diesem Land erschreckend weit. Die Straßen von Brigadoon waren gesäumt von Wohnhäusern und großen Bungalows, dazwischen viel Land und vereinzelte riesige Akazien, die unheimlich in den dunklen Himmel ragten. Das Licht der Scheinwerfer riss die schmale Straße aus der schwindenden Nacht. Um diese Uhrzeit lagen alle Häuser in stiller Dunkelheit, es gab weder Straßenbeleuchtung noch Fahrbahnbegrenzungen. Ab und zu huschte ein nachtaktives Tier über die Straße, verschwand zwischen Bäumen und trockenen Sträuchern.

Katzen, dachte John, *ich hoffe, es sind nur streunende Katzen.*

Die Zufahrt zu ihrem Bungalow führte bergab über eine befestigte Straße, durch staubtrockenen roten Boden, aus dem vereinzelt dürres Gras wuchs.

»Aufwachen«, sagte John und hielt den Wagen vor dem Hauseingang. Siobhan setzte sich sofort auf, löste den Sicherheitsgurt und beugte sich zu Rose hinüber. Sie weckte sie mit einem Kuss auf die Stirn. Rose erwachte, aber sie war so schlaftrunken, dass sie nur die Arme ausstreckte und John sie aus dem Wagen hob. Mit ihr auf dem Arm, Siobhan neben sich, stand er vor dem Bungalow, dessen Größe in der Dunkelheit nicht einzuschätzen war. Von nun an würden sie auf zweihundert Quadratmetern leben. Noch war das eine Größe, die er sich nicht vorstellen konnte. Das änderte sich schlagartig, als Siobhan die Haustür aufschloss und sie in ihr neues Leben eintraten.

Vor einigen Tagen

John schreckte hoch, war kurz orientierungslos, bis er begriff, dass er angeschnallt im Flugzeug saß. Die Durchsage, die ihn geweckt hatte, informierte die Passagiere darüber, dass sie sich im Landeanflug auf Dublin befanden.

Irland, dachte er, *nach so langer Zeit.*

Vor dem Abflug hatte er Rory angerufen. Er würde ihn vom Flughafen abholen. John lehnte sich zurück, warf einen Blick auf die Uhr und schloss erneut die Augen. Wieder tauchten diese Bilder vor seinem inneren Auge auf. Die Bilder in Siobhans kleinem Atelier, die ihn bis ins Mark erschüttert hatten.

John marschierte durch die Gänge bis zu den Gepäckbändern. Ungeduldig wanderte er auf und ab, bis das Band anlief, schaltete den Flugmodus des Smartphones aus und rief Rory an.

»Ich stehe in der Empfangshalle, Engländer«, sagte Rory. »Bin gespannt, ob ich dich nach zwei Jahren noch erkenne.«

Rory erkannte John auf den ersten Blick, registrierte jedoch sofort die Veränderung. John trug einen edlen dunkelblauen Anzug, er war braun gebrannt und das Haar sehr kurz geschnitten. Sein Auftreten war überraschend selbstsicher und bestimmend, als er mit einem Lächeln auf dem Gesicht auf Rory zuging. Das Lächeln erreichte allerdings nicht Johns Augen, deren Ausdruck blieb distanziert und abwartend. Der Garda stand groß und breit da, hob sich deutlich von der Masse ab, denn er war nicht in Zivil erschienen. Seine Dienstmütze klemmte unter dem linken Arm, der Reißverschluss der dicken Uniformjacke war geöffnet. John trat ihm gegenüber, wollte ihm die Hand reichen, aber da packte Rory ihn bereits und umarmte ihn herzlich.

»Die Leute sollen nicht denken, ich würde dich hier festnehmen«, flüsterte er John ins Ohr, »obwohl ich allen Grund dazu hätte.«

Er hielt ihn einen Moment an den Schultern gepackt und sah ihn sehr prüfend an. Dann schüttelte er den Kopf, nahm John den Koffer ab und marschierte los zum Parkhaus.

»Wenigstens holst du mich nicht in deinem Streifenwagen ab«, bemerkte John trocken, als sie einstiegen. Auf dem Motorway stellte John keine Veränderung in diesem Land fest, auch der dichte Verkehr war wie früher. Rory saß stumm hinter dem Steuer, bis John endlich fragte: »Also, wo sind sie?«

»Kann ich dir nicht sagen, Engländer.«

»Kannst du nicht oder willst du nicht? Das ist ein kleiner Unterschied.«

»Ich weiß.«

Am Autobahnkreuz wechselten sie auf den M50, um von dort aus den M4 in Richtung Galway zu nehmen. Als Rory weiterhin stumm blieb, fuhr John fort: »Ich weiß, dass sie bei euch sind, wo sollten sie sonst sein? Bei ihren Eltern ist sie nicht, mit denen habe ich gesprochen. Sie darf nicht einfach so verschwinden und mir meine Tochter wegnehmen. Das lasse ich nicht zu.« Rory warf ihm einen kurzen Blick zu und zuckte mit den Mundwinkeln.

»Du solltest akzeptieren, dass sie dich im Moment nicht sehen will. Irgendwann wird sie dir schon erklären, was sie durchgemacht hat und weshalb sie gegangen ist.«

Mit einer hastigen Bewegung setzte sich John auf, schaltete das Radio aus. Diese europäische Gute-Laune-Musik ging ihm auf die Nerven. Es war nicht die Zeit für gute Laune.

»Durchgemacht?« Seine Stimme klang scharf. »Was soll sie denn durchgemacht haben? Wir haben alles in Perth. Rose besucht eine Eliteschule und hat dort viele Freunde. Siobhan und sie haben Ausritte ins Outback gemacht. Wir können uns einen Luxusbungalow in einer teuren Wohngegend leisten. Siobhan muss keine Hausarbeit machen. Es hat sich viel geändert und zwar nur zum Besten.

Wer hätte denn geglaubt, dass ich in meinem Alter ein solches Angebot bekomme und noch einmal richtig durchstarte? Angefangen habe ich als Contract Manager für Europa, und dann konnte ich mich gegen jüngere Kollegen durchsetzen. Ich wurde Teamleiter und schließlich Direktor der Abteilung.«

Rory brummte, als versuche er, wortlos seine Achtung auszudrücken, John bezweifelte jedoch, dass der Polizist solch eine Karriere zu schätzen wusste. Energisch fuhr er fort: »Das ist es, was wir dort haben. Ein Luxusleben in einer atemberaubenden Landschaft mit weltoffenen Menschen. Und Siobhan fällt nach zwei Jahren ein, dass sie Heimweh hat? Wir hätten Urlaub in Irland machen können, wenn …« Er brach ab, abgelenkt von einem Gedanken, den er nicht aussprechen wollte.

Urlaub hatten wir geplant, dachte er, *in Neuseeland. Sie wollte nicht nach Irland, sondern nach Neuseeland. Doch der ist ins Wasser gefallen, weil ich den Urlaub nicht nehmen konnte.*

»Wenn?«, hakte Rory nach.

»Schließlich habe ich sie ja nicht gerade in die Hölle verschleppt«, fuhr John ihn aufgebracht an. Auf dem M4, der sich zweispurig bis Galway zog, herrschte wenig Verkehr an diesem frühen Abend. Der Märzregen hörte auf. Die quietschenden Scheibenwischer kamen zum Stillstand.

»Australien war für sie die Hölle, weil du es ihr dazu gemacht hast. Das waren ihre Worte.«

John sah die gefundenen Bilder aus ihrem Atelier in der Erinnerung, aber er drängte sie zurück. Unmöglich, dass er der Auslöser für diese Bilder sein konnte.

»Blödsinn«, murmelte er, starrte aus dem Seitenfenster. Wie konnte ein Leben in Luxus und Überfluss für sie die Hölle gewesen sein? Er hatte immer dafür gesorgt, dass sie alles hatte und sie seine allzu seltene Freizeit zusammen verbrachten.

»Ich muss mit ihr reden«, sagte er entschlossen, »bring mich zu ihr, damit ich endlich alles klären kann.«

»Sie weiß nicht einmal, dass du hier bist. Sie will dich nicht sehen, John, akzeptiere das.« Rory setzte den Blinker und seufzte: »Gott, ich brauche einen Kaffee.«

Zurück in Letterfrack

Rory hatte ihn nicht nur vom Flughafen Dublin abgeholt, sondern ihm auch einen Leihwagen besorgt. Der schwarze Honda stand schon vor dem Village Inn.

»Damit ich dich nicht ständig irgendwohin fahren muss«, behauptete Rory, stieg zurück in seinen Wagen, hupte zum Abschied und fuhr davon.

John sah ihm nach, nahm seinen Koffer und betrat das Hotel. Es war mittlerweile später Nachmittag. Ihm blieb nur wenig Zeit, sich vom Jetlag zu erholen.

Bereits in der Lobby empfingen ihn Weihnachtsdekorationen und ein Tannenbaum aus Plastik, obwohl es längst Mitte März war.

Als er Martha Murphy nach der herzlichen Begrüßung darauf ansprach, machte diese ein verzweifeltes Gesicht.

»Ach, es ist furchtbar. Ich hatte die Grippe, und Muriel war nicht in der Lage, sich darum zu kümmern.«

Ich weiß, dachte John, *Muriel kann sich nicht einmal zwei Bestellungen vom Tisch bis in die Küche merken.*

»Du hast nicht zufällig eine Ahnung, wo Siobhan ist?«, fragte er, während er das Anmeldeformular ausfüllte. Marthas Antwort klang ehrlich. Sie wusste es wirklich nicht.

»Nach so einem langen Flug bist du sicher hungrig«, sagte sie, »soll ich nachsehen, ob wir noch etwas in der Küche haben?«

»Danke, gerne.«

John öffnete die Tür zu seinem Zimmer und wurde vom Geruch nach Mottenkugeln und Bohnerwachs empfangen. Als erstes drehte er die Heizung herunter, bevor er seinen Koffer auspackte, denn es war furchtbar heiß in dem Raum. Erneut versuchte er, Siobhan zu erreichen. Längst hatte er aufgehört zu zählen, wie oft er ihr Smartphone anwählte und nur die Mailbox erreichte oder nicht einmal das. Doch nun, selbst endlich in Letterfrack angekommen, regte ihn das nicht mehr so auf wie zuvor. Siobhan konnte nur bei Donna untergekommen sein. Und Donna würde er nach dem Essen aufsuchen.

Martha brachte ihm einen Teller mit Gemüsecurry und Reis. »Ich habe dir extra die Heizung hochgedreht«, erklärte sie, als sie das Tablett abstellte, »du bist doch jetzt die Kälte nicht mehr gewöhnt. Und im Schrank liegt eine Heizdecke für die Nacht.«

»Du bist ein Schatz«, sagte John lächelnd. »Ich danke dir«. Er wollte ihr nicht sagen, dass er sich auf die kühlen Nächte ohne Klimaanlage freute.

Nach der Mahlzeit zog er sich um, verließ das Hotel und fuhr zu Donnas Farm.

Als er die Weiden erreichte, erkannte er Swiffer und Sheldon, die nebeneinander grasten. Er fuhr durch die schmale Einfahrt und fand die Hälfte des Hofes mit einem engmaschigen Ziegengitter abgesperrt. Dahinter standen die Shetlandponys. Sie starrten ihn erwartungsvoll an. John stieg über den Zaun und betrat den Stall.

»Hallo?«, rief er, »jemand hier?«

Donna kam aus einer der Boxen und blieb wie angewurzelt stehen.

»Hey«, sagte John, deutete grinsend mit dem Daumen nach draußen, »Matthew and Son sind in Quarantäne?«

Siobhans Freundin stellte die Mistgabel beiseite, starrte ihn an und stammelte: »Die drücken sich immer unter dem Weidezaun durch … Was machst du hier, John? Wo ist Siobhan?«

Er sah ihr an, dass sie ihm etwas vorzumachen versuchte. Donna war eine schlechte Lügnerin. John war überzeugt, dass er auf der richtigen Fährte war.

»Ich bin auf der Suche nach ihr«, sagte er geduldig. »Ich bin sicher, dass sie hier gewesen ist.«

Donna nickte in Richtung Wohnhaus.

»Ich mache uns erst einmal einen Tee.«

Sie tranken Tee mit Milch und viel Zucker aus angeschlagenen geblümten Tassen, saßen auf der ersten Stufe des Hauseingangs und beobachteten Matthew and Son, die sich auf dem Hof gegenseitig das Fell kraulten.

»Ich muss mit Siobhan sprechen«, begann John, »ich habe Urlaub genommen, um diese Sache zwischen uns klären zu können. Und ich will auch Rose wiedersehen. Waren sie hier?«

Donna nippte an ihrem Tee. Mit gespielter Munterkeit antwortete sie: »Glaubst du, wir hätten Rose von ihren beiden Lieblingen wegbekommen, wenn sie hier gewesen wäre?«

John dachte an seine Tochter, die er in den letzten Jahren so selten gesehen hatte. Natürlich vermisste Rose ihre Shettys. In Brigadoon war Siobhan mit ihr auf Leihpferden ausgeritten, nur John war niemals dabei gewesen. Wie auch? Er hatte immer etwas Wichtigeres zu tun.

Aus dem Haus rief jemand nach Donna. Sie drehte sich um und rief zurück, dass sie beschäftigt sei, wandte sich dann ernst an John. »Siobhan war hier, aber allein. Und ich weiß, was passiert ist.«

»Sie konnte Brigadoon nicht mehr ertragen.«

»Nein, John. Sie konnte das Leben ohne dich nicht mehr ertragen. Deshalb ist sie gegangen.«

John zuckte zusammen und erstarrte, als habe sie ihm ins Gesicht geschlagen. Nicht das Stadtleben sondern er? Niemals! Es konnte unmöglich seine Schuld sein, dass Siobhan geflüchtet war. Er rang um Fassung und verteidigte sich dann mit einem energischen »Ich bin immer für sie dagewesen, wenn sie mich brauchte!«, worauf Donna ihn nur mit schief gelegtem Kopf und hochgezogenen Brauen ansah.

»Darüber musst du mit ihr sprechen, nicht mit mir. Wenn sie denn mit dir reden will.«

Erneut rief Donnas Mann nach ihr, und John murmelte, er wolle nicht länger stören. Er bedankte sich für den Tee und verabschiedete sich. Dabei war er tief in seine Gedanken versunken und bemerkte erst an seinem Wagen, dass er noch immer die Teetasse in der Hand hielt. Er stellte sie auf der Steinmauer ab, die die Einfahrt begrenzte. Donna wartete, bis sie den Honda auf der Straße verschwinden sah, dann fischte sie ihr Smartphone aus der Tasche.

»Er ist hier!«, sagte sie. »John ist in Letterfrack!«

John hatte Mühe, sich auf den Verkehr zu konzentrieren. Er grübelte, weshalb Siobhan sich versteckt hielt. So sehr war er davon überzeugt gewesen, sie bei Donna zu finden oder zumindest einen Hinweis zu bekommen.

Er trommelte mit den Fingerspitzen auf dem Lenkrad herum, dachte über Donnas Worte nach.

»Irgendwas muss passiert sein, was sie mir nicht erzählt hat. Es hat niemals nur an mir gelegen«, sprach er laut zu sich selber.

Zurück in Letterfrack dämmerte es bereits. Er entschloss sich spontan zur alten Keating-Farm zu fahren.

Nostalgische Neugierde.

Er stellte den Honda auf der anderen Straßenseite ab und trat zögernd auf den Hof. Das schmiedeeiserner Tor hatte es zu ihrer Zeit nicht gegeben und machte einen abweisenden Eindruck. Fast unbehaglich trat er hindurch. Alles hatte sich verändert. Die Pferdeboxen waren mit Brettern vernagelt, und in der offenen Scheune parkte ein Benz. Der Hof war sauber und ordentlich, die Steinfassade des Wohnhauses ausgebessert und mit Blumenkästen geschmückt, aber John stellte fest, dass das Anwesen seine Seele verloren hatte. Die Haustür, die zu ihren Zeiten tagsüber immer offen gestanden hatte, war verschlossen. Es wirkte deprimierend aufgeräumt, fast steril. Nicht einmal Spatzen tummelten sich auf dem Hof. John erinnerte sich mit Wehmut daran, wie chaotisch und fröhlich es gewesen war, mit den vielen Tieren und den Reitgästen. Hier hatte Rose ihre ersten Schritte gemacht und sich das erste Mal auf ein Pony gesetzt. Irgendwer war stets auf einen Tee vorbeigekommen und bis zum späten Abend geblieben. Mit gesenktem Kopf drehte John sich um, wollte den Hof wieder verlassen, als er vor sich etwas aufblitzen sah. Er bückte sich und griff danach. Im alten Kopfsteinpflaster steckte eine Münze.

Er hob sie auf, wischte den Schmutz ab und entdeckte sofort, dass es eine australische Ein-Dollar-Münze war. Das Abbild der Kängurus schloss einen Irrtum aus. Sein Herz schlug augenblicklich schneller.

Siobhan ist hier gewesen!

Er wirbelte herum und sah eine Frau auf einem blauen Moped an der Einfahrt vorbeiknattern. Langes rotes Haar wehte, leuchtete in der zunehmenden Dämmerung. John reagierte zu spät, um ihr etwas zurufen zu können. Stattdessen rannte er zum Honda zurück und sprang hinter das Lenkrad.

Ich muss sie abfangen!, dachte er. *Wusste ich doch, dass sie hier irgendwo in Letterfrack ist.*

Sie fuhr ein ganzes Stück vor ihm, aber John konnte dem Moped folgen. Kurz vor dem Tesco Supermarkt hatte er sie fast eingeholt.

Er triumphierte innerlich, als sie auf den Supermarkt-Parkplatz abbog und er den Honda direkt hinter ihr anhielt. Schon beim Aussteigen sah er die rothaarige Frau im Profil und blieb enttäuscht stehen. Es war nicht Siobhan.

Was mache ich hier?, dachte er, *ich habe nicht ewig Zeit, sie zu finden und zurückzuholen.*

Er saß minutenlang betäubt vor Enttäuschung im Leihwagen. Dann folgte er einer Eingebung und wählte erneut Siobhans Nummer. Er rechnete damit, dass sie auch diesmal nicht auf seinen Anruf reagierte, aber sie nahm ab. Das Herz schlug ihm augenblicklich bis zum Hals. Siobhan meldete sich mit einem zögerlichen »Hallo?«.

»Siobhan, ich bin's.« Das Smartphone lag wie ein Stein in seinen Fingern.

»Hallo, John.« Ihre Stimme klang unversöhnlich. »Was ist, musst du nicht arbeiten?«

Mit der freien Hand rieb sich John die Schläfe und schloss die Augen. »Du wirst es kaum glauben, aber ich bin in Connemara«, sagte er geduldig.

»Ich weiß.«

Deshalb ist sie ans Telefon gegangen, fuhr es ihm durch den Kopf, *weil Donna ihr sofort Bescheid gesagt hat.*

»Wir müssen reden.«

Siobhan ließ einige Sekunden verstreichen. Ihre Stimme war noch immer nicht freundlicher. »Du hattest zwei Jahre lang keine Zeit für mich. Weshalb jetzt?«

»Bitte! Wo seid ihr?«

Im Augenwinkel sah John, wie ein anderes Fahrzeug neben seinem hielt und der Fahrer ihn auffordernd anstarrte. John schüttelte knapp mit dem Kopf und zeigte auf sein Handy. Er wurde energisch.

»Siobhan, ich möchte euch beide sehen. Wenn es etwas gibt, was zwischen uns steht, müssen wir das sofort klären.« Seine Stimme wurde weicher, denn die folgenden Worte kamen von Herzen: »Ich will euch nicht verlieren.«

Ihre Stimme zitterte, als sie antwortete. John kannte sie gut genug, um zu wissen, dass sie Mühe hatte, die Fassung zu wahren.

»Das hast du schon, John.«

Das war ein Schlag in den Magen. Ihre Worte hallten in seinem Kopf wider und nahmen ihm jede Kraft zu antworten. Das einsame Haus in Brigadoon tauchte vor seinem inneren Auge auf und was er dort gefunden hatte. Nach einer Weile des unerträglichen Schweigens sagte Siobhan: »John, ich rufe dich an, wenn ich soweit bin. Ich will dir Rose nicht vorenthalten, aber … ich kann dich jetzt nicht sehen.«

Der drängende Ton ihrer Stimme riss ihn aus seiner Lethargie, und hastig erwiderte er: »Ich kann mich nicht hinhalten lassen, Siobhan, ich habe eine Woche Urlaub genommen, dann muss ich zurück nach Perth. Lass uns irgendwo treffen und miteinander reden, ich sorge dafür, dass du nach unserer Rückkehr alles bekommst, was du willst. Alles, was du brauchst. Du musst auch an Rose denken, an die Zukunft, die sie in Australien hat. Dort können wir ihr die besten Schulen und die beste Ausbildung bieten. Und erzähl mir nicht, wir hätten uns nicht gut eingelebt. Brigadoon ist ein Traum. Was hat dir gefehlt?

Unter den Nachbarn hattest du Freundinnen und mit deinen alten Freundinnen hast du über das Internet …«

Sie unterbrach ihn mit einem scharfen »John! Ich war mit der Auswanderung einverstanden, weil ich so sehr an eine neue Heimat für uns geglaubt habe. Aber du hast es kaputt gemacht.«

»Ich bitte dich!«, entfuhr es John, und Siobhans kühle Erwiderung verursachte ihm eine Gänsehaut.

»Ich bin mit dir nach Australien gegangen, weil du meine Heimat warst, John. Mehr noch als Connemara. Mit dir hätte ich mich dort heimisch gefühlt und wäre glücklich gewesen. Was ist passiert, dass du dich so verändert hast? Es gab kein *wir* mehr, es gab nur noch dich und deinen Job. Du hast uns nach Brigadoon geschleppt, dort in einem Luxusbungalow abgestellt und bist gegangen. Kannst du überhaupt nachempfinden, wie es sich anfühlt, so sitzengelassen zu werden? Als wären wir alleingelassen in der Wüste verdurstet!«

»Siobhan, bitte!! Das ist doch Unsinn.«

»John, ich muss jetzt Schluss machen. Ich melde mich, wenn ich so weit bin. Diesmal treffe ich die Entscheidungen, nicht du.«

John holte Luft für eine Erwiderung, aber die Worte blieben ihm im Hals stecken. Siobhans Worte schoben sich wie kalte Finger unter seine Haut. Waren ihre deutlichen Worte wirklich Unsinn? Er starrte wie blind auf die Windschutzscheibe, nahm das lebhafte Hin und Her auf dem Parkplatz nicht wahr.

»Bist du noch da, John?«, fragte sie vorsichtig.

»Ja«, sagte er mit rauer Stimme.

»Du weißt doch, dass ich keine Freundinnen in Brigadoon habe. Nur eine nette Nachbarin. Für alle anderen war ich nur dein irisches Pferdemädchen.«

Dann legte sie auf.

John ließ das Smartphone langsam sinken, es fiel aus seiner Hand auf die schmale Ablagefläche zwischen den Sitzen. Die letzten Worte brachten ihm die verdammte Firmenfeier in den Sinn, nach der Siobhan ihm vorgeworfen hatte, sie nicht verteidigt zu haben. Und trotz ihrer sehr deutlichen Worte hatte er damals nicht begriffen, wie es in ihr aussah.

Die Firmenfeier in Perth

Das Luxushotel in Perth, in dem die Feier stattfand, bot den passenden Rahmen für die mondäne Firmenveranstaltung. John bestand darauf, dass Siobhan ihn begleitete und seine Kollegen und deren Ehefrauen kennenlernte. Anfangs lief es hervorragend, und Siobhan plauderte gut gelaunt mit Johns Boss und einigen Kollegen. Später nahm eine Frau sie beiseite und fragte, wie sie es nur schaffe, so schlank zu bleiben. Erfreut nahm Siobhan diese Frage auf und erzählte ausgelassen von ihrem alten Leben mit Pferden, den organisierten Wanderritten und wie sehr sie das Leben mit den Tieren vermisse. John trat an ihre Seite, reichte ihr ein Champagnerglas und legte ihr in einer liebevollen Geste die Hand auf den Rücken.

»Du bist wundervoll«, flüsterte er ihr zu, ging dann zu einem Kollegen hinüber, der ihm einen Kunden vorstellte. Gut gelaunt gesellte sich Siobhan zu einer Gruppe Frauen, die sich an einem Stehtisch versammelt hatte. Ein ganzes Bataillon leerer Champagnergläser stand vor ihnen.

»Hallo, meine Liebe«, wurde sie von einer der Frauen begrüßt, »dieses Kleid steht dir ganz hervorragend, obwohl es aus der Kollektion des Vorjahres ist.«

Siobhan hatte die Ehefrauen von Johns Kollegen bei der Begrüßung bereits kennengelernt, und da waren ihr alle sehr herzlich begegnet. Bis jetzt.

Sie sah in die Runde künstlicher Freundlichkeit und nahm sich ein Glas Orangensaft. Die vier Damen bedienten sich weiterhin am Champagner. Mühsam suchte Siobhan nach Worten, um das unangenehme Schweigen zu durchbrechen.

»Was machen die Kinder?«

Obwohl das für jede Mutter der Auftakt zu endlosen Gesprächen sein konnte, bekam sie nur ein »Bestens« und »Hervorragend« zur Antwort. Man unterhielt sich lieber über den neuesten Trend der Faltenbekämpfung und angesagte italienische Designer, von denen Siobhan noch nie etwas gehört hatte. Sie stand bemüht lächelnd dabei und fühlte sich immer unbehaglicher.

»Was hast du eigentlich in Irland gemacht, Siobhan? Ich bewundere deine muskulösen Arme.«

Die Frage kam von einer blonden alterslosen Schönheit, die eine Menge Geld für ihre Botoxbehandlungen ausgegeben haben musste. Eine Frau neben ihr antwortete für Siobhan, bevor diese auch nur Luft holen konnte.

»Sie hat im Pferdestall gearbeitet.«

»Natürlich«, die Blonde lachte laut und schrill, »das hat Bobby mir erzählt. Johns irisches Pferdemädchen.«

»Für deine Sommersprossen kannst du ja nichts, du Arme, aber ich gebe dir die Adresse eines sehr guten Friseurs in Perth, um etwas mit deinem Haar zu machen. Dieses Rot ist doch ein wenig …« Sie tat so, als suche sie nach dem passenden Wort, und ihre Freundin kam ihr zur Hilfe: »Gewöhnlich?«

Sie berührte Siobhans Arm und fügte vertraulich hinzu: »Ich meine es nur gut. Du wirst sehen, wie vorteilhaft dir ein strahlendes Blond stehen wird.«

»Es muss doch nicht jeder auf eine Meile Entfernung sofort sehen, wo du herkommst.«

Siobhan behielt ein eingefrorenes, freundliches Gesicht aufrecht, obwohl in ihrem Inneren alles zusammenbrach. Noch nie im Leben war sie so herablassend und demütigend behandelt worden. Wo steckte John? In seiner Gegenwart hätten diese Hexen so etwas nicht gewagt. Sie bewahrte sich den Stolz, diesen Weibern nicht den Rücken zuzudrehen und den Tisch zu verlassen, hielt sich an ihrem Orangensaft fest und spürte die Erleichterung, als John endlich wieder auftauchte.

»Wir haben uns gerade über Siobhans wundervolles Haar unterhalten«, behauptete die eine, und die andere fügte hinzu: »Wir sind immer bereit, irischen Pferdemädchen ein wenig unter die Arme zu greifen, um in der Großstadt zurechtzukommen.« Die Frauen drehten sich um und stolzierten davon.

»Ist das zu fassen?« Siobhan wandte sich mit einer heftigen Bewegung an John. »Hast du das gehört?«

»Sie haben es bestimmt nur gut gemeint«, erwiderte John, reichte ihr den Teller mit den Kaviarhäppchen.

»Gut gemeint, *my arse!* Sie haben mich behandelt, als sei ich ein dummes Landei.« Fassungslos starrte Siobhan die Häppchen, dann John an. Er machte eine auffordernde Bewegung mit dem Teller.

»Nimm es nicht so persönlich, love. Diese Kanapees sind hervorragend.«

»Lieber verhungere ich. Hier und auf der Stelle.«

»Das sind nette Frauen, Siobhan. Vielleicht sind sie dir noch ein wenig fremd, und du hast ihre Ratschläge falsch verstanden. Versuch bitte, dich mit ihnen anzufreunden.«

Mit einer heftigen Bewegung stellte sie ihr Glas auf seinen Kanapeeteller ab und starrte ihn an.

»Danke«, sagte sie, »ich habe diese Ratschläge sehr wohl richtig verstanden. Ganz im Gegensatz zu dir.«

Bevor John etwas erwidern konnte, drehte sie sich um und verschwand Richtung Ausgang.

Parkplatz Tesco Supermarkt, Letterfrack

Plötzlich klopfte es an der Fahrerscheibe, und jemand riss von außen die Tür des Hondas auf.

»John? Ist das John?«

Aus seiner Erinnerung herausgerissen stieg John hastig aus dem Wagen, er wurde augenblicklich gepackt und so heftig umarmt, dass ihm die Luft wegblieb.

»Henry«, japste er, »ich freue mich auch, dich zu sehen, aber du kannst mich jetzt wieder loslassen.«

Henry strahlte ihn an. John konnte kaum fassen, wie der Mann sich verändert hatte. Noch vor zwei Jahren war er unrasiert und mit einer Frisur wie alte Matratzenfüllung herumgelaufen, hatte nie den besten Eindruck gemacht und war immer in krumme Geschäfte verstrickt gewesen. Jetzt wirkte er in ordentlichen Klamotten gepflegt und durchaus seriös.

»Wie siehst du denn aus?«, rief Henry, und John dachte, dass er ihn das Gleiche hätte fragen können. »Und du sprichst sogar wie ein Aussie! Ich habe gar nicht gehört, dass ihr zurück seid. Macht ihr Urlaub? Wo sind die beiden?«

Henrys Freude war so ehrlich, dass es John schwerfiel, ihm die Wahrheit zu sagen. Er kratzte sich am Kinn und antwortete: »Lange Geschichte, Henry. Schön, dich zu sehen, aber wir sind nur auf Besuch zurück.« Er war erleichtert, als Henry nur nickte und nicht weiter nachfragte.

»Was ist mit dir, Henry? Du hast dich auch sehr verändert.«

»Das war die beste Entscheidung meines Lebens, als ich eure Weide gepachtet habe. Erst wollte ich Schafe halten, aber die sind mir immer abgehauen. Dann kam ich auf die Idee, mir ein paar Hütehunde anzuschaffen. Das Ausbilden hat mir mein Vater schon als kleiner Junge beigebracht. Und was soll ich sagen? Ich bilde sie aus und verkaufe sie im ganzen Land. Da bleibt mir keine Zeit mehr für krumme Dinger.« Er zwinkerte lachend, und John schlug ihm anerkennend auf die Schulter.

»Gut für dich, Henry, gut für dich.« Schon mit einem Fuß im Wagen, hielt Henry ihn noch zurück.

»Sehen wir uns heute Abend im Pub?«

Auf Johns Zögern rollte Henry mit den Augen und warf die Hände in die Luft.

»Du scheinst da drüben wirklich alles vergessen zu haben. Wir haben den siebzehnten März, St. Patrick's Day!«

Es blieb John gar nichts anderes übrig, als zuzusagen, um Henry wieder loszuwerden.

Er setzte sich hinters Steuer, nahm sein Smartphone zur Hand und wählte Rorys Nummer. Als Rory das Gespräch annahm, sagte er: »Ich habe mit ihr gesprochen, Rory. Wir haben uns geeinigt. Du kannst mir jetzt sagen, wo sie sind.« Es war ein halbherziger Versuch und ein Schuss in den Ofen. Der Garda blieb unbeeindruckt und erwiderte nur, er sei im Dienst und würde John abends im Pub sehen. John schlug frustriert auf das Lenkrad.

Alte Erinnerungen

John musste sich am Abend dazu zwingen, das Hotelzimmer zu verlassen und zum Mary's Red Roses hinüberzugehen. Er wollte niemanden sehen, nicht ständig erklären müssen, weshalb er nicht mit Siobhan St. Patrick's Day feierte. Auf der anderen Seite hatte er aber auch die vage Hoffnung, jemanden zu treffen, der ihm bei der Suche nach Siobhan weiterhelfen konnte.

Im Mary's Red Roses roch es nach nasser Wolle und Bier, Kleeblattgirlanden wehten ihm von den Stützbalken entgegen, und die Band spielte ohrenbetäubend laut irische Tanzlieder. John drängte sich durch die gut gelaunten Gäste zur Theke vor. Er war unrasiert und hatte auf eine Dusche verzichtet, weil das Wasser nur eiskalt aus der Brause gekommen war. Barkeeper Ian hatte hinter seiner Theke alle Hände voll zu tun. Sein Bart war grün gefärbt, und er trug einen riesigen Leprecaun-Hut, der ihm ständig in die Augen rutschte. Als er John erkannte, nickte er ihm breit grinsend zu, und John hatte augenblicklich ein Pint Guinness vor sich stehen.

Er zeigte Ian den nach oben gestreckten Daumen und reichte ihm einen Geldschein über die Theke, aber Ian hob abwehrend die Hand.

»Geht aufs Haus«, sagte er, »willkommen daheim!«, und zapfte ein weiteres Bier. John hob in einer dankenden Geste das Glas in seine Richtung und dachte: *Du bist da zu Hause, wo man sich nach so langer Zeit noch an deinen Drink erinnert und du den ersten spendiert bekommst.*

Mit dem ersten Schluck strömten Erinnerungen heran, die für endlose Sekunden alles um ihn herum ausblendeten.

Siobhan neben ihm, in engen Reithosen und einer geblümten Bluse, aß Erdnüsse aus der kleinen Holzschale und lachte ihn offen an.

John nahm einen tiefen Schluck Guinness, blickte in die irischen Gesichter um sich herum und fragte sich unwillkürlich, wer von denen wissen mochte, wo Siobhan und Rose waren. Bis auf das Curry hatte er nichts gegessen, und das dunkle Bier zeigte sehr schnell seine Wirkung. Trotzdem trank er das Glas in wenigen Zügen aus und orderte mit einer kurzen Geste Richtung Ian ein zweites.

Immer wieder sah er sich um. Er wollte nicht untätig herumsitzen. Aber nach einer Weile sah er ein, dass sich alle Anwesenden nur für einen Zweck zusammengefunden hatten. Sie wollten feiern.

In der Mitte des Raums fanden sich mehrere Gäste zusammen, als die Band einen schnellen fröhlichen Song anstimmte. Mädchen stellten sich auf, öffneten das zusammengebundene Haar und begannen mit ihrem irischen Stepptanz, begleitet vom Johlen und Pfeifen der übrigen Gäste. John erhob sich von dem Barhocker und schob sich nach vorn. Alte Bilder drängten sich auf. Er sah sie vor sich. Siobhan, wie sie mit gerötetem Gesicht und fliegenden Haaren tanzte und der Rock um ihre Beine wirbelte. Es versetzte ihm einen Stich, einen Anflug von Sehnsucht, den er bislang erfolgreich unterdrückt hatte. Nicht allein die Sehnsucht nach Siobhan, die Sehnsucht nach diesem einfachen, bodenständigen Leben, das er hier gehabt hatte. *Wir waren so glücklich*, dachte er. *Weshalb hat sich alles so verändert?*

In dem Gedränge bekam er einen unsanften Stoß in den Rücken, und schlagartig fand er in die Realität zurück. Die fröhliche Menge schob ihn Richtung Band. Diese beendete gerade den Song, und der Sänger rief, welches Stück sie als nächstes spielen sollten. Es reihten sich von nun an Lieder aneinander, deren Texte jeder kannte, und die Stimmung wurde noch ausgelassener. Um John herum tanzten Betrunkene, die sich kaum noch auf den Beinen halten konnten. Das Guinness schwappte in seinem Glas, und deshalb trank er es aus, bevor er den guten Stoff verschüttete.

»Hey!«, rief jemand. John wandte sich um, entdeckte Tomas und Henry an einem Tisch an der Rückwand. Der alte Viehhändler trug einen Strickpullover in den irischen Farben grün, orange, weiß, und sein rundes Gesicht war hochrot. Henry neben ihm hatte glasige Augen und sang aus vollem Halse. Auf dem Tisch vor ihm standen bereits eine Menge leere Gläser, und John nahm an, dass die beiden die allein geschafft hatten.

»Henry hat mir schon erzählt, dass du wieder hier bist.« Tomas rutschte auf der Bank ein Stück zur Seite und ließ John neben sich. »Im Gegensatz zu ihm weiß ich Bescheid, Rory hat mich eingeweiht.« Er stieß Henry den Ellenbogen in die Seite und zeigte zur Theke hinüber.

»Ich hole drei neue!«, rief Henry sofort, »auf deine Rechnung, John!«

»Typisch«, murmelte John und wandte sich an Tomas. »Rory will mir nicht sagen, wo sie sind, also wenn du auch nur eine Vermutung hast, sag es mir.«

Tomas verzog verlegen die Mundwinkel.

»Ich würde es dir sagen, aber ich will mich nicht einmischen, wenn Rory etwas anderes geplant hat.«

»Hätte ich wissen müssen.« John machte eine Geste zu Henry hinüber, der an der Theke auf die Bestellung wartete. »Vielleicht hätte ich besser *ihn* gefragt.«

Tomas rutschte auf der Bank hin und her, dankbar dafür, dass er das Thema wechseln konnte.

»Nachdem Rory ihm angedroht hat, ihn im Keller einzusperren und den Schlüssel wegzuwerfen, hat er sich endlich am Riemen gerissen. Manche brauchen achttausend Tage, um erwachsen zu werden, bei Henry hat es etwas länger gedauert. Es war ein Wink des Schicksals, dass er die Weide pachten konnte. Es wäre wahrscheinlich noch besser gewesen, wenn er auch euren Hof gekauft hätte.«

Das kam damals gar nicht in Betracht. Henry hatte keine finanziellen Mittel, selbst die Pacht war ein freundschaftliches Entgegenkommen. John trommelte mit den Fingerspitzen im Takt der Musik auf dem Tisch und warf Tomas einen Seitenblick zu.

»Ich habe mir den Hof angesehen. Deprimierend.«

Henry kam mit den vollen Gläsern zurück und stellte sie auf den Tisch.

»Kein Wunder.« Tomas setzte sein Bier an und leerte es halb. »Die Atkins sind bei uns nicht heimisch geworden. Sie haben den Hof gekauft, um ihren beiden Söhnen ein Leben auf dem Land zu bieten. Die haben bereits nach einem Monat sehr deutlich gezeigt, dass sie dieses Leben nicht wollen. Sind jetzt in einem Internat und leben nur in den Ferien und während der Feiertage auf dem Hof. Das macht sie nicht gerade zu einer glücklichen Familie.«

»Ich schieße auf ihre Katzen«, sagte Henry mit fröhlicher Genugtuung, und klopfte mit der freien Hand im Takt der Musik auf den Oberschenkel.

»Und Rory reißt ihm den Kopf ab, wenn er ihn dabei erwischt.«

»Ich schieße nur auf sie, wenn sie auf meinen Weiden herumlaufen. Verdammte Viecher. Verscharren überall ihre

Kacke und vermehren sich wie Karnickel. Machen meine Hunde verrückt.«

Die Band beendete den Song, und alle sahen sich um, wer den neuen Musikwunsch äußern würde. Eine ältere Dame fragte auf Gälisch nach einem Titel, aber die Musiker sahen sich fragend an, zuckten mit den Schultern. »Ihr junges Gemüse kennt die alten Lieder nicht mehr!«, rief sie und stimmte mit hoher Stimme das Lied an. Nach und nach fielen die Musiker ein und begleiteten sie. Es endete mit tosendem Applaus. Auch, wenn sie den Titel nicht kannten, erinnerten sie sich dennoch an die Melodie.

Irgendwann hörte John auf, die geleerten Gläser zu zählen, sang die gängigen Lieder mit, dachte mit einem Lächeln daran, wie Siobhan diese langsamen Melodien gesungen hatte, während sie Rose auf dem Arm durch das Haus trug. Er stand auf, schwang sein halbvolles Glas und rief den Musikern den nächsten Musikwunsch entgegen. Sie nickten sich zu und stimmten den Song *Mrs. McGrath* an. Taumelnd kehrte John an den Tisch zurück, und Tomas zeigte ihm den erhobenen Daumen. Er war der Meinung, dass das für einen Engländer ein verdammt guter Musikwunsch war.

»Biopause!«, rief der Sänger irgendwann, und die Hälfte der Gäste verschwand nach draußen. John folgte Tomas, der dringend frische Luft brauchte, während Henry im Pub blieb und die restlichen halbvollen Gläser leerte. Sie standen auf der Straße, umgeben von gut gelaunten Rauchern, und Tomas hob grüßend die Hand, als Rory in Zivil auftauchte.

»Happy St. Patrick's Day!«, sagte Rory und klopfte John auf die Schulter.

»Ich wäre wirklich happy, wenn du mir sagen würdest, wo Siobhan und Rose sind«, erwiderte John mühsam und darauf konzentriert, die Worte klar herauszubekommen. Er konnte sich nicht erinnern, jemals so betrunken gewesen zu sein.

»Vergiss es.« Der Garda warf Tomas einen fragenden Blick zu und der hob sofort abwehrend die Hände. »Ich hab nichts gesagt!«

»Schon gut«, schnappte John, »ich finde sie auch ohne deine Hilfe. Und wenn ich dazu ganz Irland umgraben muss.« Er zuckte zusammen und fuhr taumelnd herum, als dicht hinter ihm ein Glas auf dem Kopfsteinpflaster zersprang. Ein Betrunkener hatte einem anderen versehentlich das Bier aus der Hand geschlagen, und nun starrten sich beide mit ausdruckslosen Gesichtern an. John beobachtete die Szene aufmerksam und sah im Augenwinkel, wie Tomas einen Schritt zurück machte. Nur Rory blieb gelassen, als würde ihn diese Angelegenheit nach Feierabend nichts mehr angehen. Im gelben Licht der einzigen Straßenlaterne und umgeben von den nächtlichen Schatten wirkten die Kontrahenten wie Schauspieler auf einer dramatisch ausgeleuchteten Bühne. Sekundenlang standen sie sich gegenüber, stumm, leicht schwankend, dann hob der Mann, dem das Bierglas aus den Fingern gerutscht war, die Hände und legte grinsend den Kopf schief. Er war ein riesiges Schwergewicht mit rasiertem Schädel und hätte mit dem anderen den Boden aufwischen können. Aber manchmal waren die irischen Kerle dieses Formats einfach nur *gentle giants*. Sie teilten sich das Bier aus dem verbliebenen Glas und lachten.

John wechselte einen Seitenblick mit Rory, der feixend mit den Schultern zuckte.

»Immer für eine Überraschung gut«, erklärte der Polizist. »Wolltest du mir was sagen, John?«

»Nein«, sagte John steif, »du wirst schon sehen.«

Rory blickte skeptisch, schüttelte den Kopf und marschierte ins Mary's Red Roses, um sich den ersten Drink des Abends zu gönnen.

Es begann zu regnen, und der auffrischende Wind wehte sie ebenfalls in den Pub zurück. Der war nach der Pause so überfüllt, dass sie vor der Theke in der Menge steckenblieben und nicht mehr zu ihren Plätzen zurückkehrten.

Du wirst schon sehen, dachte John verbissen, hob die Hand in Ians Richtung und rief: »Zwei Gläser und eine Flasche Jameson!«

John wusste weder, wann, noch wie er ins Village Inn zurückgekommen war, aber als er am nächsten Morgen aufwachte, wusste er, dass er nicht nur einen Whiskey zu viel getrunken hatte. Nein, er hatte es maßlos übertrieben. Mit einem dumpfen Stöhnen zog er sich die Decke über den Kopf und schlief wieder ein.

Als er sich später endlich aus dem Bett quälte, kämpfte er mit Wellen von Übelkeit und hämmernden Kopfschmerzen.

Das hast du verdammt gut hinbekommen, dachte er. Sein Plan, Tomas so abzufüllen, bis der ihm verriet, wo Siobhan sich versteckt hielt, war gründlich nach hinten losgegangen. Jetzt war er nicht einmal mehr in der Lage, klar aus den Augen zu blicken, geschweige denn, sich ins Auto zu setzen und Siobhan zu suchen.

Ich könnte längst auf dem Weg sein, dachte er und starrte auf sein Smartphone. Er war gut vorbereitet, hatte die alten Kontaktdaten der engsten Freundinnen herausgesucht und war überzeugt, Siobhan bei einer von ihnen zu finden. Donna war nur der erste Versuch gewesen.

Er putzte sich energisch die Zähne, bis die Zahnpasta den pelzigen Geschmack auf seiner Zunge überlagerte. Das anschließende Duschen ertrug er nur mit geschlossenen Augen, weil das Licht ihm ins Hirn stach, und langsam kamen die Erinnerungen zurück, was im Pub nach der Flasche Jameson passiert war. John stöhnte. Das wäre besser im Verborgenen geblieben.

Zum späten Frühstück bestellte er sich einen Espresso mit Zitronensaft und brachte tapfer eine halbe Scheibe Toast hinunter. Wortlos stellte Muriel ihm ein Glas Wasser und eine Kopfschmerztablette neben seinen leeren Teller und er warf ihr einen dankbaren Blick zu.

Kurz darauf warf Martha einen Blick in den Frühstücksraum und raunte John zu: »Geht es dir gut, John? Du hast ja halbtot ausgesehen, als Rory und Tomas dich heute früh wie einen Sack Kartoffeln hereingetragen haben.«

John war dankbar, dass sie den Rest nicht erwähnte. Wie er halb besinnungslos auf Rory geschimpft hatte, weil er ihm nicht helfen wollte.

»Frische Luft wird mir guttun«, erklärte er und lächelte tapfer. Er wusste auch schon, wen er besuchen würde. Jetzt brauchte er einen guten, alten Freund.

John folgte dem Wanderweg, der zum See führte. Die Wanderschuhe, die er kurzentschlossen gekauft hatte, passten perfekt und boten mehr Halt als seine Lederschuhe. Schafe grasten rechts und links des Weges, unter einer windschiefen Kiefer döste ein grauer Esel. Der Wind trug Torfrauch zu ihm hinüber. Er folgte dem schmalen Pfad hinauf in die Berge. So oft war er zu allen Jahreszeiten im Moor und in den Bergen gewesen, aber diesmal, nach so langer Zeit, hatte es etwas Magisches. John versank in Erinnerungen, lächelte bei dem Gedanken, wie er mit Deccy das erste Mal im Moor herumgewandert war und sich wie ein unbeholfener Idiot benommen hatte.

Hier war ich einmal zu Hause, dachte er, *kaum zu glauben, wie ich mich verändert habe. Hier habe ich jahrelang keinen Job in meiner Branche gefunden, und in Perth bin ich bis nach oben durchmarschiert.*

Er erreichte den einsamen See, der als glatte graublaue Fläche vor ihm lag. Wildgänse trieben gemächlich im Wasser. John drehte sich um die eigene Achse, um das Panorama in sich aufzunehmen. Wolkenschatten zogen über die braungrünen Hügel, die Bäume hatten noch nicht alle ausgeschlagen. Ein paar warme Sonnentage würden das ändern. Dort oben hatten sie die Wildponys gesucht, waren Deccy dicht auf den Fersen gewesen und doch zu spät gekommen.

Den Aufstieg in die Berge ließ er langsam angehen, um seine Kräfte einzuteilen, und war erstaunt darüber, wie schnell er den halb überwucherten Stein erreichte. Er schien ihm, als sei die Entfernung im Laufe der Zeit geschrumpft.

John ging in die Hocke, entfernte Gras und alte Blätter, wischte den weißen Stein mit den Handflächen ab. Hier oben stand die Luft still wie unter einer Glasglocke, alle guten Erinnerungen und Emotionen schienen sich hier angesammelt zu haben.

Er zog Schuhe und Socken aus und genoss die kühle Feuchte des Grases an seinen nackten Füßen. John hob das Gesicht in die schwache Sonne und schloss die Augen, bevor er in einer liebevollen Geste eine Hand auf den Stein legte.

»Du hast es wundervoll hier oben, Deccy«, flüsterte er, »hier hat sich nichts verändert, so als wäre die Zeit stehengeblieben. Du hast es damals nicht geschafft, sie dazu zu bringen, Letterfrack zu verlassen. Mit mir ist sie sogar bis

Australien gegangen. Alles war perfekt. Und dann? Plötzlich flieht sie hierher zurück. Was soll ich davon halten? Was haben wir falsch gemacht? Was habe *ich* falsch gemacht? Andere Ehemänner haben auch eine Fünfzig-Stundenwoche, und dass ich viel arbeiten würde, wusste sie von Anfang an. Ich wollte mit ihr Urlaub in Connemara machen, aber...«

Er unterbrach sich und sah nachdenklich blinzelnd zu den Wolken hinauf. » … aber vermutlich ahnte sie, dass sie dann Irland nicht mehr verlassen würde, um zurück nach Perth zu gehen. Und ehrlich gesagt, wäre ich niemals in der Lage gewesen, mehr als fünf Tage Urlaub an einem Stück zu realisieren. Den Resturlaub habe ich mir auszahlen lassen, statt ihn zu nehmen. Immer unter Druck, immer im Stress. Wir wollten uns Neuseeland ansehen, aber nicht einmal das haben wir geschafft. Auf der anderen Seite hatte sie alles, was sie sich nur wünschen konnte. Wir planten sogar, in ein größeres Haus in eine noch bessere Gegend umzuziehen. In meinem Alter so eine Karriere hinzulegen, ist was Besonderes.«

Er lachte auf.

»Kannst du dich daran erinnern, wie ich dir damals sagte, ich habe nicht das Zeug für so eine Karriere? Mir fehle irgendwas, vielleicht das Erfolgsgen, um die Karriereleiter hochzukommen? Ich bin verdammt stolz darauf, dass ich es doch geschafft habe, genau dafür habe ich auch geschuftet.«

Er zögerte eine Sekunde und fügte sehr leise hinzu: »Möglicherweise hätte ich ihr öfters sagen müssen, dass ich das alles nur für uns mache.« Wind kam auf und trug Geräusche zu ihm hinüber, das entfernte Rufen der Möwen und das Blöken der Schafe. »War sie hier bei dir, Deccy?« Er berührte den Stein mit den Fingerspitzen. »Hat sie dir verraten, wo sie sich verstecken wird?«

Auf seine Fragen bekam er keine Antwort.

Nicht an diesem Ort und nicht von Deccy.

Es war schon später Nachmittag, als er endlich wieder in Letterfrack war. »Ich brauche mehr Zeit«, flüsterte er, und wählte die Nummer seines Bosses. Er erreichte nur die Mailbox, wartete auf den Piepston und bemühte sich um einen sachlichen Ton: »Derek, hier ist John. Ich brauche mehr Zeit, um diese private Angelegenheit zu regeln. Ich bin in Irland. Melde mich nochmal.« Sein Kater war verflogen, und er bekam Hunger, überlegte, wo er etwas essen und in Ruhe seine E-Mails durchsehen konnte. In einer Seitenstraße kam ihm Rory entgegen.

»Was hast du vor?«, fragte Rory. Er hielt eine zusammengefaltete Zeitung über den Kopf, um den dichten Regen abzuhalten, der plötzlich eingesetzt hatte. John nickte zu dem Diner hinüber.

»Kannst du die Küche empfehlen? Ich habe einen Mordshunger.«

»Komm, ich lade dich ein. Die Ausstattung ist modern, aber in der Küche steht jemand, der noch ordentlich kochen kann.«

»Hast du was gutzumachen?«

»Nein«, erwiderte Rory und schob John Richtung Tür. »Ich muss mit dir reden. Und ich hab auch Hunger.«

Von innen machte das Diner einen kühlen Eindruck, doch es gab nur wenig freie Plätze. Zwischen den kleinen Fenstern hingen Schiefertafeln mit den Menüs des Tages und auf den weißen Tischen standen schlanke Gläser mit einer einzelnen hellroten Rose. Das war der einzige Farbklecks im gesamten Interieur.

Rory bestellte sich den hausgemachten Burger und John einen Salat mit Lachs. Er rechnete damit, dass Rory ihm nun verraten würde, wo Siobhan war. Dann wollte er schnell in den Honda springen und losfahren.

Rory spannte ihn allerdings auf die Folter. Er trank sein Ale, wartete geduldig auf den Burger und sagte schließlich: »Das war ein ziemlich billiger Versuch gestern Abend, etwas aus Tomas herauszukitzeln. Ich kann es dir gar nicht oft genug sagen, John. Lass Siobhan Zeit. Sie wird sich bei dir melden.«

Verbissen stach John in seinem Salat herum, sah dann von seinem Teller auf.

»Ich habe nicht die Zeit zu warten, bis sie sich entschieden hat. Ich will ihr sagen, dass ich sie liebe und ich alles …« Er brach ab, schaufelte wie hypnotisiert den Salat in sich hinein, ohne etwas zu schmecken. Es war leicht, Rory zu sagen, dass er seine Frau noch immer liebe, aber einen Fehler einzugestehen war etwas anderes. Vielleicht einen großen Fehler. »Ich muss sie finden und ihr klarmachen, dass ich alles für sie tun werde, wenn sie mit mir zurück geht. Mein Job lässt es einfach nicht zu, dass ich länger wegbleibe.«

Rory setzte sich gerade auf und sah John mit gerunzelter Stirn an.

»Ich kann verstehen, dass sie es nicht mehr aushalten wollte. Wir haben stundenlang darüber gesprochen, etwas, wofür du keine Zeit mehr hattest. Du hast offensichtlich keinen blassen Schimmer davon, welche Ängste sie ausstehen musste. Sie ist trotz ihrer Angst vor Schlangen und Giftspinnen mit Rose ins Outback geritten. Wenn sich die Nachrichten über Buschbrände überschlagen haben, war sie allein mit ihrer Panik.«

Erbost knallte John die Gabel neben den Teller.

»Sie hätte jederzeit…«, setzte er an, verstummte aber unter Rorys Blick. »Ich wäre für sie da gewesen, das muss sie doch gewusst haben.«

»John!« Der Garda erhob sich, blieb wie ein Bär über John stehen und starrte zu ihm hinunter. »Du bist inzwischen wie ein Sohn für mich, und ich würde nie im Leben Familie schlagen, doch bei dir könnte ich gerade damit anfangen.«

Er marschierte zur Kasse, bezahlte die Gerichte und verließ das Diner, ohne John noch eines Blickes zu würdigen. Geschockt blieb John allein am Tisch sitzen.

In seinem Kopf hämmerte es wieder.

Siobhan

Siobhan hatte die Couch ausgezogen und das Licht gelöscht. Nur die kleine Leselampe auf dem Tisch brannte. Rose lag schon im Bett, ordentlich zugedeckt und mit dem Koalabär im Arm. Nach dem langen Tag war sie schläfrig, aber noch nicht bereit zu schlafen.

»Mommy?«

Siobhan drehte sich zu ihr, setzte sich auf den Rand der Couch.

»Hat dir deine St. Patrick's Day Überraschung gefallen?«

»Es war toll.« Sie zögerte, zog den Koala enger an sich. »Muss Daddy noch immer so viel arbeiten, dass er nicht zu uns kommen kann?«

Siobhan strich ihr das rote Haar aus dem Gesicht, drückte ihr einen sanften Kuss auf die Stirn.

»Weißt du, *Honey Pie*, er wünscht sich sehr, bei uns zu sein, aber er hat einfach nicht die Zeit. Ich bin sicher, dass er kommt, sobald er freimachen kann.«

»Ich vermisse Dad«, murmelte Rose. Siobhan küsste sie erneut, erhob sich und sagte mit mühsam gefasster Stimme: »Ich lasse das Licht brennen, bis du eingeschlafen bist. Träum was Schönes.«

Als sie die Tür schloss, dachte sie an die Worte ihrer Tochter. *Ich vermisse Dad*. Das hatte sie in Brigadoon sehr oft gesagt, wenn John so spät abends nach Hause kam, dass er ihr nicht einmal mehr gute Nacht wünschen konnte. Siobhan hatte sie damit getröstet, dass andere Väter auch viel arbeiten mussten und er das Wochenende sicher mit ihr spielen würde. Während der ganzen Woche freute Rose sich dann auf das Wochenende, um letztendlich doch wieder enttäuscht zu werden. John versuchte, sich Zeit für sie zu nehmen, doch jeder Familienausflug und jedes Spiel wurde irgendwann von einem Anruf oder einer *Instant Message* unterbrochen. *Für Rose hätte ich alles auf mich genommen*, dachte Siobhan, *wenn sie glücklich gewesen wäre.*

Aber das war sie nicht. Kinder in ihrem Alter gewöhnten sich sehr schnell an das Leben in einem anderen Land, davon war sie zunächst überzeugt gewesen. Und zunächst schien es auch so. Rose fand Freundinnen, mochte die neue Schule und begeisterte sich über die Ausritte im Outback, die Siobhan mit ihr unternahm. Sie hatten Urlaub in Neuseeland geplant, um sich die Drehorte des Herrn der Ringe anzusehen. Hotel, Flugtickets und Leihwagen, alles bereits gebucht, Johns Urlaub war genehmigt. Siobhan und Rose freuten sich auf zwei Wochen mit John. Und einen Tag vor der Abreise kam er mit der bitteren Nachricht, dass sie den Urlaub verschieben müssten. Für sie eine weitere bittere Enttäuschung, aber als sie die Nachricht Rose überbrachte, brach diese in Tränen aus.

So kann das nicht weitergehen, schoss es Siobhan durch den Kopf, aber die Wende brachte erst der Tag, an dem sie die Begegnung mit der Aborigini-Frau hatte. Die Frau, die ihr die Augen öffnete.

Sie saß am Küchentisch und blätterte in einem Backbuch nach neuen Rezepten, die sie ausprobieren wollte. Backen lenkte sie für eine Weile ab, nur nicht lange genug. Immer wieder erinnerte sie sich an die Worte, die ihr die Aborigini zugeflüstert hatte während des Einkaufs auf dem Wochenmarkt in Perth. Wie ein langsam wirkendes Gift gruben sich die Worte in ihre Gedanken.

Der feste und doch sanfte Griff der Frau, die zunächst reglos neben ihr am Gemüsestand wartete, die warme Hand, die ihr Handgelenk umschloss und dann die Handfläche nach oben drehte. Die Frau war aus dem Nichts aufgetaucht, berührte mit den Fingerspitzen ihre Handfläche und flüsterte: »Deine Seele. Du hast deine Seele verloren.«

Wie Recht sie hatte.

John war ihre Seele gewesen.

Roses Tränen auf die Absage des Urlaubs untermauerten ihre Entscheidung, so dass es für sie nur noch die Flucht nach vorn und dann kein Zurück mehr gab.

»Vielleicht klappt es ein anderes Mal«, hatte Rose gesagt, nachdem ihre Tränen versiegten. »Ich hätte das Hobbitdorf gerne gesehen, aber vielleicht können wir stattdessen die nächsten Ferien zu Hause verbringen. Nicht hier in Brigadoon. Zu Hause in Letterfrack.«

Sligo

Den ganzen folgenden Morgen verbrachte John an seinem Laptop, arbeitete Dinge auf, die in den letzten Tagen liegengeblieben waren, seit er nach Irland gekommen war. Als er endlich die wichtigsten Verträge durchgesehen und mit Änderungen an die Vertragspartner verschickt hatte, war es fast elf Uhr. Er beeilte sich, seine Sachen zu packen, tankte den Honda und fuhr über die N59 nach Sligo. Zu dieser Jahreszeit lag das Land um ihn herum noch immer im Winterschlaf. Er blieb auf der N59, obwohl es eine schnellere Landstraße durchs Landesinnere gab, denn er war neugierig auf diesen Landstrich. Caroline, die nur Corry gerufen wurde, arbeitete in der Küche eines Cafés und musste bis fünf Uhr nachmittags arbeiten.

Die N59 führte ihn immer wieder nahe an den Klippen vorbei, und John konnte einen Blick auf die blaugrünen Wellen werfen, die sich mit weißer Gischt an den Felsen brachen. Er drehte das Seitenfenster herunter, sofort biss ihm der eiskalte Wind ins Gesicht.

Sligo empfing ihn wie erwartet mit verstopften, hügeligen Straßen und lebendigen Einkaufsmeilen. Als er den Garavough über die gemauerte Brücke überquerte, um einen Parkplatz nahe dem Einkaufszentrum zu suchen, war es drei Uhr Nachmittags, und die Sonne verschwand hinter grauen Wolken. John erinnerte sich, dass das Café unmittelbar an der Ufermauer zum kleinen Fluss lag, aber als er die Uferstraße absuchte, konnte er das Pepper Alley nicht mehr finden. Perplex stand er vor jenem Eckhaus, in dem er das alteingesessene Café erwartete. Es hatte einem italienischen Restaurant Platz gemacht.

Er betrat das Restaurant und erfuhr vom neuen Pächter, dass alle Angestellten des Pepper Alleys ihre Jobs verloren hatten. Johns Plan, Corry nach Feierabend abzufangen, war geplatzt.

Im Internet fand er ihre Adresse. Sie wohnte mitten in Sligo in einem hässlichen mehrstöckigen Mietshaus. Die Klingelschilder waren nur mit Nummern versehen. John klingelte auf gut Glück irgendwo.

»Ich will zu Corry Talbot!«, rief er in die Sprechanlage und eine weibliche Stimme antwortete: »Ganz oben rechts, immer dem Krach nach!«

Der Türöffner summte.

Außer Atem erreichte John die vierte Etage und fand an einer Wohnungstür ein handgeschriebenes Schild über dem Klingelknopf. TALBOT. Auf sein Klingeln reagierte niemand, deshalb klopfte er zunächst zaghaft, dann energischer.

»Hallo?«, rief er und zuckte zurück, als von innen wütendes Kindergeschrei ertönte. Es klang wie ein wilder Streit um ein einziges Spielzeug. Jemand schrie um Ruhe in gleicher Lautstärke.

»Was ist?«

»Corry Talbot?« John bemühte sich um einen freundlichen Ton, wagte sich einen Schritt näher an die verschlossene Tür.

»Ich habe den Scheck gestern in die Post gesteckt!«

»Hier ist John Palfrey.« Er setzte an, noch eine Erklärung anzufügen, aber schon wurde die Tür aufgerissen. Corry stand in einem grau-gelben Jogginganzug vor ihm, trug einen zeternden Säugling auf dem Arm.

»John!«, rief sie, »komm rein. Ich wusste gar nicht, dass ihr wieder hier seid.«

Sie schob ihn durch den Flur bis in die große Wohnküche, in der drei Kinder am Tisch saßen und John mit großen Augen anstarrten.

»Setz dich, John.« Sie quetschte die Kinder auf der Bank enger zusammen und setzte den Säugling dem älteren Mädchen auf den Schoß. »Willst du was mitessen?«

John setzte sich und betrachtete die Mädchen, von denen er nicht wusste, ob sie Corrys Verwandte oder Kinder waren.

»Danke, nein«, erwiderte er, »ich möchte dich nur einen Moment sprechen. Unter vier Augen.«

Das ältere Mädchen am Tisch verzog das Gesicht und bekam von Corry sofort einen Klaps auf den Kopf.

»Raus aus der Küche«, sagte sie, »geht nach draußen spielen, bis ich euch rufe.«

Die Kinder waren sie los, aber als John ansetzte, von seiner Suche nach Siobhan und Rose zu erzählen, kam ein alter Mann in die Küche geschlurft und grüßte John nur mit einem Brummen.

»Dad, lässt du uns einen Moment allein?«

Als ihr Vater nicht reagierte, rief Corry an ihm vorbei in den Flur: »Nonna! Dad hat wieder seine Hörgeräte ausgeschaltet!«

Sie setzte sich zu John an den Tisch und erklärte: »Er ist taub wie eine Holzbohle, aber er kann von den Lippen lesen.« Sie warteten, bis Corrys Mutter ihren protestierenden Ehemann aus der Küche gezogen und die Tür geschlossen hatte.

»Ich suche Siobhan. Hat sie sich bei dir gemeldet?«

Corry griff eine Packung Zigaretten, die zwischen den verstreuten Spielsachen auf dem Tisch lagen und steckte sich mit nachdenklichem Gesicht eine an.

»Wir waren immer in Kontakt«, begann sie, »auch noch, nachdem sie mit dir nach Australien gegangen ist. Sie war die erste, die mir Geld geschickt hat, als ich meinen Job im Pepper Alley verloren habe.«

Der Zigarettenqualm schwebte an ihrem Gesicht vorbei, und sie wedelte ihn von sich.

»Wir haben vor ein paar Tagen telefoniert, aber diesmal war es kein Auslandsgespräch. Mehr will ich dazu nicht sagen.«

»Lass mich raten. Du hast ihr versprochen, mir nicht zu verraten, wo sie sich versteckt hält.«

Corry beantwortete diese Vermutung mit einem Achselzucken und zog erneut an der Zigarette. John beugte sich ihr entgegen, schob Plastikspielzeug beiseite. Im Zimmer nebenan steigerte sich der Lärm streitender Kinder ins Unerträgliche, und bevor John etwas sagen konnte, schrie Nonna dazwischen.

»Es ist verdammt wichtig, dass ich sie sobald wie möglich sprechen kann. Wenn du auch nur eine Vermutung hast, wo sie ist, hilf mir bitte. Ich will alles für sie tun, egal, was sie von mir verlangt, damit wir zurück nach Australien gehen können.«

Corry drückte die Zigarette auf dem feuchten Teebeutel aus, der auf dem Boden einer Tasse lag. Schwarzer irischer Frühstückstee.

»Was willst du denn für sie tun, John? Das gleiche, was du auch für Hilda getan hast, um sie glücklich zu machen?« Sie sah ihn an, als überlege sie, ob sie noch etwas nachsetzen solle, entschied sich dann aber dagegen. Nebenan krachte ein Gegenstand gegen die Wand.

Woher weiß sie von Hilda?, dachte John und war im ersten Moment nicht in der Lage zu begreifen, was Corry damit sagen wollte. Als es ihm endlich aufging, zog es ihm förmlich den Boden unter den Füßen weg.

Zwei Filme liefen parallel in seinem Kopf, und er war festgeschnallt auf dem Kinosessel, konnte die Augen nicht schließen.

Er sah sich nach Hause kommen und Hilda im Flur auf den Koffern sitzen. Sie wartete auf ihn, um sich zu erklären. Und er sah sich in Brigadoon nach Hause kommen und das ganze Haus nach Siobhan und Rose absuchen. In beiden Fällen endete es damit, dass er allein zurückblieb. Und niemand anderes als er selbst trug die Schuld daran. »Beim nächsten Mal wirst du es wohl besser machen«, hatte Siobhan kurz nach ihrem Kennenlernen zu ihm gesagt, nachdem er ihr erzählt hatte, wie und warum er seine frühere Langzeitverlobte Hilda verloren habe.

»Oh Gott«, hauchte er, als er wieder Gewalt über seine Stimme hatte, »oh Gott.«

Ihm schossen plötzlich unendlich viele Ereignisse durch den Kopf, bei denen er für Siobhan und Rose nicht dagewesen war.

»Tut mir leid, wenn ich so direkt bin. Siobhan hat mir irgendwann mal von Hilda erzählt. Ich habe nur die offensichtliche Verbindung hergestellt. Sie war verdammt verzweifelt.«

»Ich fürchte, das begreife ich auch langsam«, flüsterte John kaum hörbar. Er wusste nur eins: die Sache mit Hilda konnte er nicht wieder gutmachen, aber er würde alles tun, um Siobhan zurückzugewinnen.

Verlassen in Brigadoon

Es war gegen elf Uhr nachts. Vor dem Haus blieb John einen Moment stehen, atmete durch und blickte in den wolkenlosen Sternenhimmel Australiens.

Im Haus bemerkte er nur nebenbei, dass in der offenen Küche das Licht über der Arbeitsplatte noch brannte. Siobhan ließ für Rose immer Licht brennen, nicht nur in dem großen Kinderzimmer.

John stellte die Laptoptasche ab, zog sein Jackett aus und legte es über die Lehne eines Küchenstuhls. Kurz dachte er daran, ein letztes Mal die E-Mails zu checken. Plötzlich spürte er, dass etwas nicht stimmte.

Mit einem unguten Gefühl schlich er ins Schlafzimmer, schaltete die Leselampe auf seiner Seite des Bettes ein. Das Bett schien unberührt, die Tagesdecke sorgfältig ausgebreitet.

Sofort lief er hinüber in Roses Zimmer. Auch ihr Bett fand er unberührt. Spielsachen lagen herum, vor dem Kleiderschrank waren T-Shirts und Sommerhosen verteilt. John zog die Schranktüren auf, starrte auf die Reihe der leeren Bügel. Ein Teil von Roses Kleidung fehlte, der Rest lag auf dem Boden des Schrankes. In seinem Kopf begann es, zu hämmern. Er hastete zurück ins Schlafzimmer und fand seine Befürchtung bestätigt. Auch von Siobhans Kleidung fehlten einige Stücke.

»Siobhan?«, rief er durch den Bungalow, hoffte auf eine Antwort, auf eine logische Erklärung. »Rose?«

Es antwortete niemand, das Haus schwieg.

Er jagte atemlos durch alle Zimmer, versuchte währenddessen, Siobhan auf ihrem Handy zu erreichen. Ihr Telefon war ausgeschaltet.

Im Gästezimmer, das sich Siobhan vor einiger Zeit als Atelier eingerichtet hatte, blieb er wie erstarrt stehen. Im grellen Licht der Deckenlampe sprangen ihm die Bilder und Skizzen entgegen, die Siobhan im ganzen Raum verteilt hatte. Auf Staffeleien, an den Wänden, auf dem Tisch. Erst jetzt fiel ihm auf, dass er sich nie dafür interessiert hatte. Die großen, auf Rahmen gespannten Leinwände zeigten Szenen aus Connemara, so lebensnah, dass John eine Gänsehaut überlief. Immer wieder tauchten die Berge und der dramatische Himmel auf, dann wurden die Formate kleiner und die Motive änderten sich. Siobhan hatte offensichtlich von der Landschaftsmalerei zum Abstrakten gewechselt. Und das, was John sah, ließ ihm einen kalten Schauder über den Rücken laufen. Er blätterte durch die Skizzenbücher, durch die Leinwände, die noch nicht auf Rahmen gespannt waren, durch die Aquarelle auf den groben dicken Papierbögen. Siobhan hatte die Bilder und Entwürfe datiert, aber John sah den Verlauf auch so. Aus den irischen, stimmungsvollen Aquarellen wurden schwarz-weiße Mondlandschaften, die nur entfernt etwas mit Irland zu tun hatten. Einige angedeutete Hochkreuze und Steinmauern tauchten auf, dann verschwanden auch diese. Die letzten Bilder zeigten kahle graue Ebenen und schwarze Berge, über denen sich Linien wie Überlandleitungen spannten. Als John näher hinsah, erkannte er Stacheldraht. Auf den letzten Skizzen spannte sich schwarz-roter Stacheldraht zwischen einem grellen Himmel und toter Erde.

Und ich habe nicht einmal bemerkt, wie sie sich gefühlt hat, dachte er dumpf.

Im eigenen Arbeitszimmer endete seine verzweifelte Suche. Er hielt inne und starrte auf den Schreibtisch. Dort stand Siobhans kleines Kristallpferd, darunter lag ein

Notizzettel. Mit klammen Fingern nahm er das Pferdchen hoch und las: *Wir sind nach Hause geflogen. Ich melde mich bei dir, sobald ich kann. Siobhan.*

Was soll das heißen?, schoss es John durch den Kopf. *Nach Hause geflogen? Weshalb? Wenn etwas mit ihren Eltern passiert wäre, hätte sie mich im Büro angerufen.*

Er starrte auf Siobhans hastig hingekritzelte Zeilen, dann auf die Figur in seiner Hand.

Es heißt, dass sie dich verlassen hat, beantwortete er sich seine Frage selbst und warf das Kristallpferd gegen die Wand. Es zerbrach in mehrere Teile. Er ließ die Scherben achtlos auf dem Fußboden liegen.

Nach Stunden des Grübelns packte er eine Reisetasche mit dem Nötigsten und checkte in Perth in einem Hotel ein. Er konnte den leeren Bungalow nicht ertragen.

Die Nacht im Hotel war sehr kurz. Er fand keine Ruhe. Bald gab er die Versuche, Siobhan zu erreichen, auf und nahm eine Schlaftablette. Es war kein erholsamer Schlaf, er wühlte sich endlos im Bett hin und her, bis er endlich aufstand und sich fürs Büro fertigmachte. Den ersten Arbeitstag nach Siobhans Verschwinden brachte er nur mit Mühe hinter sich. Am zweiten Tag konnte er die Ungewissheit kaum noch ertragen. Während einer ewig langen Telefonkonferenz trat er an das Panoramabürofenster und sah hinaus. Sein Büro lag zum Innenhof, mit Sicht auf Bäume, Rasenflächen und einen kleinen künstlichen See. Unkonzentriert folgte er der Diskussion über den Vertrag für die Solaranlagen, als sein Blick auf eine Frau fiel, die auf dem Rasen stand. Beinahe hätte er laut aufgeschrien. Siobhan!

Zunächst stand sie reglos da, den Kopf gesenkt, dann hob sie die Hände und löste ihr rotes Haar, das in weichen Wellen über ihre Schultern fiel, und sie begann zu tanzen. Obwohl er oben am Fenster die Musik nicht wahrnahm, hörte sein Herz, welcher Song es war. Pflichtbewusst schaltete er sich wieder in die Verhandlungen ein, aber sein Blick blieb auf die tanzende Gestalt zwischen den Bäumen gerichtet. Er wusste, dass es ein Trugbild war, es konnte gar nicht anders sein, aber trotzdem löste es etwas in ihm aus. Unmittelbar nach der Konferenz bat er seinen Boss um eine Woche Urlaub.

Rosses Point

Den Kopf voller Erinnerungen fuhr John Richtung Rosses Point, kam an dem großen Hotel vorbei und setzte kurz entschlossen den Blinker. Eigentlich bräuchte er für die Rückfahrt nach Letterfrack kaum vier Stunden, aber er war erschöpft.

»Ich fahre noch an den Strand runter«, murmelte er dem Rezeptionisten entgegen, der ihm lächelnd die Zimmerkarte reichte.

Dieser kleine Küstenort hatte sich in den beiden Jahren verändert. Neue Häuser waren entstanden, von all den Restaurants der Uferpromenade hatten nur noch zwei geöffnet. Der Strand allerdings wirkte unverändert, ebenso der heftige Wind, der vom Meer Richtung Land blies. Er stieg die schmalen betonierten Stufen durch die Dünen hinunter ans Wasser. Die Sonne stand bereits tief am Horizont, und niemand anderes hielt sich hier auf. Das winzige Häuschen der Seerettung war verwaist, weder die Boote der Segelschule dümpelten auf dem Wasser, noch gingen Spaziergänger den Strand entlang. John war allein mit sich und seinen Gedanken. Hier hatte Siobhan ihm die Schwangerschaft gestanden, und ihr Leben hatte sich dramatisch verändert.

Sie fuhren damals sofort nach Kerry zu ihren Eltern, um die gute Nachricht zu überbringen. Noch bevor auch nur jemand mahnend die Augenbraue hatte heben können, hatte John um ihre Hand angehalten.

Ganz offiziell und sehr feierlich.

Wann habe ich angefangen, meine Ehe als eine Selbstverständlichkeit zu sehen?, dachte John. Er folgte dem Strandabschnitt, bis die schroffen Felsen ihm den Weg versperrten und setzte sich dort trotz des eisigen Windes auf einen schmalen Steinbrocken. Die Wellen erreichten knapp seine Wanderschuhe. Das Geräusch und die fließenden Bewegungen hypnotisierten ihn.

Er erinnerte sich an jedes Detail der Hochzeit, zu der so viele Gäste geladen waren, dass einige in Privathäusern in der Umgebung untergebracht werden mussten. Zwei seiner Freunde schliefen in einem Zelt auf der Weide. Plötzlich schoben sich andere Bilder dazwischen. Die aufregenden ersten Monate in Brigadoon. Siobhan, die ihn immer wieder fragte, wann er Zeit finden würde, eine passende Schule für Rose auszusuchen.

»Ich habe es ihr überlassen«, murmelte er, »ich hatte keine Ruhe dafür. Sie sollte einige Schulen auswählen, und ich könne mir dann die Homepages ansehen. Nicht mal das habe ich geschafft.«

Er harrte am Strand aus, bis die Sonne hinter orange-schwarzen Wolken im Meer versank. Als er endlich zu seinem Honda zurückkehrte, der allein auf dem Parkplatz stand, war er durchgefroren und hielt seine eiskalten Finger an die Lüftung. Es dauerte, bis das Wageninnere warm war und er zum Hotel zurückfuhr.

Zum Schlafen war es viel zu früh, und das sterile Hotelzimmer lud auch nicht gerade zum Verweilen ein.

Was ich brauche, ist ein ordentlicher Absacker, dachte John und betrat die Hotelbar. Er blieb an der Bar. Auf die kleinen Sesselgruppen und das fröhliche Geplapper von dort konnte er verzichten.

John bestellte sich einen Jameson und nahm am Tresen Platz. Treffpunkt einsamer Männer. Er wollte sich weder unterhalten noch auf andere Gedanken gebracht werden und blockte den höflichen Gesprächsversuch des Barkeepers ab. Den Whiskey kippte er hinunter und orderte den nächsten.

Niemals im Leben hatte er sich so trostlos gefühlt. Er versuchte vergeblich, die Bilder aus seinem Kopf zu trinken. Siobhan hatte ihr Seelenleben gemalt, anfangs die Sehnsucht nach Connemara, später ihre immer stärker werdende Einsamkeit.

John setzte das Glas an und zögerte einen Moment, als er durch die Bar hindurch die Stimmen der gut gelaunten Gäste hörte. Gelächter und Gläserklirren. Wenn er auch nur eine Sekunde die Augen schloss, glaubte er Siobhans erschreckende schwarz-weiße Gemälde vor sich zu sehen. Er bestellte einen weiteren Whiskey, stürzte ihn hinunter und wankte zu den Toiletten. Er wusch sich die Hände, ohne in den Spiegel zu sehen.

Zurück an seinem Platz hob er das Glas Richtung Barkeeper und stellte fest, dass die Schicht gewechselt hatte. Die junge Dame mit dem streng zurückgebundenem blonden Haar und der dunkelblauen Uniform nahm es entgegen und sagte: »Sir, ich möchte Ihnen keinen weiteren Whiskey ausschenken. Darf ich Ihnen etwas anderes bringen?«

John reagierte auf den höflichen Hinweis ungehalten: »Ich bin Gast in diesem Hotel und wenn ich zwei Flaschen Whiskey trinken will, dann mache ich das auch.«

Sie nickte und erwiderte immer noch sehr freundlich: »Das ist Ihre freie Entscheidung, Sir, aber ich kann Ihnen nicht mit gutem Gewissen weiteren Alkohol servieren.«

Darauf konnte John nichts mehr erwidern, denn er wusste, sie hatte Recht. Es war genug. Er musste endlich der Wahrheit ins Gesicht sehen und sich eingestehen, Mist gebaut zu haben.

Am nächsten Morgen checkte John aus und frühstückte in einem Café in Rosses Point. Es war klein und gemütlich, Eier und Speck wurden frisch zubereitet und der Kaffee duftete fantastisch. Das unterdrückte die Symptome des Katers, und er starrte kauend auf sein Smartphone. Sollte er noch einmal versuchen, Siobhan zu erreichen? Er entschied sich dagegen. Nach dem Frühstück stand Anna in Clifden auf seinem Plan. Der lokale Radiosender verkündete einen wundervollen sonnigen Tag.

Als wenn mich das interessieren würde, dachte John zuerst. Doch dann siegte seine erwachte Tatkraft über die Melancholie. Er ließ die Musik auf seinem Smartphone laut laufen und sang dazu. Die alten Bluessongs hoben seine Stimmung. Das Blau des nahen Meeres strahlte ihm entgegen, und auf den Hügeln zeigte sich das erste schüchterne Grün des Frühlings.

Kurz vor Clifden, noch immer auf der schmalen Landstraße, wurde er von einer Schafherde ausgebremst. Ein junger Mann auf einem Mountainbike fuhr hinter den Schafen her, eine Zigarette zwischen den Lippen. Neben ihm trottete ein grauer Hütehund mit heraushängender Zunge. Auf beiden Seiten begrenzten dichte Hecken die Straße und John seufzte. Die Straße machte eine sanfte Kurve bergauf, und seitlich öffnete sich die Hecke auf eine Weide. Der junge Mann pfiff nach dem Hund und machte eine ausschweifende Handbewegung. Das Tier schoss vor, huschte an den Schafen vorbei und versperrte den ersten den Weg auf die Weide. Im nächsten Augenblick rannte ein Hase im Zickzack über die Weide, und der Hund raste hinterher. Er reagierte weder auf Pfiffe noch auf Rufen. Nicht nur, dass der Hund in weiter Ferne verschwand, jetzt drängten die Schafe wie eine träge Masse auf die Weide. John steckte den Kopf durch das offene

Seitenfenster, rollte langsam neben den jungen Mann und fragte: »Ist das einer von Henrys Hunden?«

Das sehr ehrliche und spontane »Fuck Henry!« bestätigte dies. Die Straße war nun wieder frei. John lachte und gab Gas.

Als er die ersten Häuser von Clifden erreichte und an der großen Garda-Station vorbeifuhr, dachte er an Rory und grinste.

Ich brauche deine Hilfe nicht, um die beiden zu finden, sinnierte er vor sich hin, *sobald ich mit Anna gesprochen habe, bin ich einen großen Schritt weiter. Sie sind weder bei Donna noch bei Corry. Es bleibt nur Anna.*

Den Wagen stellte er vor dem Bezirkskrankenhaus ab und fragte am Empfang nach Anna Gossin. Auf die lächelnde Antwort: »Anna hat keine Besuchszeit, sie ist nämlich im Dienst bis sechs Uhr abends«, reagierte er mit einem Lachen. »Danke«, sagte er, »ich suche sie dann zu Hause auf.«

Einige Jahre waren Letterfrack und Clifden seine zweite Heimat gewesen. Jetzt stand er bei strahlendem Sonnenschein auf dem Market Square und blinzelte zu den alten, farbenfrohen Häusern und Geschäften hinüber. Er machte sich auf den Weg zur Main Street. Die Kirche St. Josephs am Ende der Straße überragte die viktorianischen Häuser, aber den Kirchenturm beachtete er nicht weiter. Ein Juweliergeschäft zog ihn magisch an, in dem er die Eheringe gekauft hatte. Nachdenklich drehte er den goldenen Ring an seinem Finger.

Ob Siobhan ihren überhaupt noch trug?

Er sah in die Auslage des Schaufensters. Claddagh-Ringe, Anhänger in keltischen Formen, Ringe und Uhren. Er wandte sich ab und ging weiter.

Nach zwei Jahren in Australien sah er Clifden nun mit anderen Augen, die ausgelassene Fröhlichkeit der Iren um ihn herum wirkte ansteckend, und es wunderte John, wie fremd ihm Perth plötzlich wurde. Wie viele Stunden hatte er im Auto zugebracht beim Pendeln zur Arbeit und zurück nach Hause?

Zu viele, vergeudete Lebenszeit.

John sah sich um, genoss den Anblick der bunten Fassaden, der regional geprägten Läden und Geschäfte. Hier gab es zwar auch Café-Ketten und riesige Supermärkte, doch sie wirkten zurückhaltend, störten das traditionelle Bild nicht. In Perth oder in anderen Großstädten erkannte man anhand der Einkaufsstraßen nicht, in welcher Stadt man sich gerade befand.

Wenn ich sie heute bei Anna finde, dachte er, *sollte ich ein kleines Geschenk mitbringen. Aber was?*

Kurzentschlossen kehrte er zurück und betrat den Juwelier. In der Waterford Vitrine zeigte er auf eine Figur, ohne nach dem Preis zu fragen und ließ sie als Geschenk einpacken. Er stoppte die Verkäuferin und schrieb eilig einen Zettel, den er in die Schachtel legte. Siobhan konnte nicht wissen, dass er ihr Kristallpferd zerbrochen hatte, hoffentlich würde sie die neue Figur lieben.

In einer Seitenstraße entdeckte er den alten Pub, in dem sich noch immer die Fußballer trafen. Er fragte nach der Karte, bestellte ein Wasser mit Zitrone und setzte sich hinter einen Tisch auf die schmale Rückbank. Über ihm hingen vergilbte Fotos von Eseln an Steinwällen, von an Wegweisern angelehnten Fahrrädern und von Fußballspielern, die mit dreckigen Gesichtern in die Kamera lachten. Zu dieser Zeit war es ruhig im Pub. Die Bedienung brachte ihm die überbackenen Sandwiches mit Schinken und Thunfisch. In diesem Pub hatte er gesessen und Siobhans letzte Nachricht gelesen. Damals, als er weggelaufen war. Den Text kannte er noch immer auswendig. John sah sich wieder an jenem Tisch sitzen und erneut diese Zeilen lesen.

John, morgen treffen wir den Agenten in der alten Zuchtstation.
Rory hat einen Plan, um ihn endlich loszuwerden.
Ich bete, dass es funktioniert. Melde dich, John. Bitte.

Er sah sich die Nachricht ein zweites Mal lesen, und er sah sich selbst eine Antwort tippen. Wie in Trance vermischten sich in seinem Kopf Antworten der stressigen Zeit in Perth mit der Situation von damals.

Ich würde ja sofort losfahren, um dich dort zu treffen, Siobhan,
aber ich kann hier nicht weg. Wenn die zwei
Vertragsbesprechungen abgeschlossen sind, mache ich mich auf den
Weg, hoffentlich ist es dann noch nicht zu spät.
Es wird alles gut gehen, wenn Rory sich darum gekümmert hat.
Ihr macht das schon. Liebe, John.

Er sah sich diese Nachricht abschicken und wieder an die Arbeit gehen. Er sah, wie er Siobhan anrief und ihr mitteilte, dass er auch nicht zum Abendessen zu Hause sein würde. Er hörte sich sagen, Siobhan solle allein entscheiden, welche Schule für Rose die Beste sei. Und er sah sich Verträge einstecken, die er zu Hause durcharbeiten wolle, statt mit Rose im Garten herumzutollen.

»Gottverdammtnochmal!«, schrie er plötzlich in die Stille des Pubs. Die wenigen Anwesenden drehten sich zu ihm um, aber er starrte ins Leere. So bin ich doch gar nicht, dachte er entsetzt. Die Bedienung trat an den Tisch und fragte, ob etwas mit den Sandwiches nicht in Ordnung sei.

»Ich habe den Appetit verloren«, sagte er mit brüchiger Stimme. Er kramte einen Geldschein aus seiner Hosentasche. »Und mir ist soeben aufgegangen, was für ein Arschloch ich bin«, fuhr er die junge Frau an. Er stand auf und sah in die irritierten Gesichter der anderen Gäste. Einen Augenblick blieb er aufrecht mit durchgedrücktem Rücken stehen, dann zeigte er unbestimmt in den Raum: »Habt ihr etwa noch nie einen Fehler gemacht?«

Dann stampfte er aus dem Pub.

Er sah auf die Uhr. Es wurde Zeit. Anna wohnte in einem Reihenhaus am Rande von Clifden. Von der Straße aus sah John erleuchtete Fenster, und in der schmalen Einfahrt stand ein Kleinwagen.

Sie ist da oben mit Rose, dachte John, *hält sich vor mir versteckt. Ich gebe zu, ich habe Fehler gemacht, aber ich werde alles wieder ausbügeln.*

Er spürte seine Aufregung, sie endlich wiederzusehen, so intensiv, dass sich seine Hand zitternd um den kleinen Geschenkkarton schloss. Die Türglocke hallte lauter als normal in seinen Ohren. Es dauerte eine Weile, bis es in der Gegensprechanlage summte und eine Stimme fragte: »Ja?«

»John Palfrey«, sagte er, »ich muss dringend mit Anna sprechen.«

Durch den Lautsprecher bekam er Fetzen eines Gespräches mit, hörte, wie jemand flüsterte: »Ich hab Feierabend, du Blödmann, ich will meine Ruhe.«

»Wer will dich denn da sprechen?«, sagte ein Mann. Er klang genervt. »Der kennt deinen Namen, erzähl mir nicht, du kennst den nicht.«

»Ich kenne ihn, aber …«

Zwischen den beiden gingen noch mehrmals Worte hin und her, dann rief Anna: »Komm rauf, John!«

Er drückte die Haustür auf und betrat den Flur. Eine schmale Treppe führte nach oben, und auf dem Treppenabsatz stand Anna. Sie machte den Eindruck, als habe er sie aus dem Bett geklingelt.

»Ich bin wegen Siobhan und Rose hier«. John stieg die Stufen hinauf. »Sie sind doch hier bei dir oder etwa nicht?« Er blieb stehen, in Erwartung, sie würde einen Schritt zur Seite machen und ihn hereinbitten. Aber Anna stand mit vor der Brust verschränkten Armen im Türrahmen und zeigte ein Gesicht, als gehöre er zu ihren renitenten Patienten.

»Keine Ahnung, wovon du redest, John. Weshalb sollte Siobhan hier sein und nicht in Perth?«

Sie deutete mit dem Zeigefinger auf ihn. Er sah es in ihrem Kopf klicken.

»Sie ist dir doch nicht etwa davongerannt?«

John presste die Lippen zusammen. Anna wusste genau, was geschehen war. Er spürte, wie ihm die Zornesröte ins Gesicht stieg und eine Ader an seiner Schläfe zu pulsieren begann.

»Stell dich nicht dumm, Anna. Ich weiß, dass sie hier sind.« Mit einem energischen Schritt wollte er sich an ihr vorbei in die Wohnung drängen, als ihr Mann erschien.

»Ich bin müde, John«, sagte Anna genervt, »und ich will keinen Ärger.« Sie sah mit einer schnellen Augenbewegung zu ihrem Mann auf, der groß und übergewichtig neben ihr stand. Eine falsche Bewegung, und er würde John die Treppe herunterwerfen.

»Ich muss mit Siobhan sprechen. Es ist mir ernst damit.«

Er trat dem Mann unmittelbar gegenüber und sah ihm ins Gesicht. Die Wut darüber, so kurz vor dem Ziel von den beiden aufgehalten zu werden, ließ ihn jede Zurückhaltung und Zweifel zur Seite schieben. Natürlich hatte Siobhan sich etwas dabei gedacht, gerade bei Anna unterzukommen.

»Sie ist nicht hier, John«, sagte Anna, »ich habe auch keine Ahnung, wo sie sein könnte.«

»Siobhan!«, rief John unvermittelt in die Wohnung hinein. Er ignorierte, dass Anna erschrocken zusammenzuckte. »Rose?« Er horchte, schrie dann wieder. »Rose!«, diesmal in den Treppenaufgang zur oberen Etage des Hauses.

»Komm zu mir, Rose! Wir fahren nach Hause!«

Annas Mann packte ihn an den Schultern, drückte ihn mit dem Rücken gegen die Wand.

»Da oben leben meine Schwiegereltern. Freundchen, du gehst jetzt besser, bevor ich die Geduld verliere.«

Er sagte das sogar fast freundlich, aber mit Nachdruck. John versuchte vergeblich, sich aus dem Griff des Mannes zu lösen.

»Sie müssen hier sein!« Seine Stimme überschlug sich. »Ich habe Himmel und Hölle in Bewegung gesetzt, um hierherzukommen, und mir bleibt nicht viel Zeit, um alles wieder in Ordnung zu bringen. Hier geht es um meine Familie.«

Mit einem letzten wütenden Stoß gegen den Kerl riss John sich los, stürmte die Treppe hinunter und lief hinaus.

»Ich mache das schon«, sagte Anna zu ihrem Mann, der sich den Kopf rieb und seufzte.

»Stoppe ihn«, verlangte der nachdrücklich, »sonst übernehme ich das.«

Vollkommen außer sich suchte John vor dem Haus nach Kieselsteinen in den Beeten. Er warf sie gegen die

Fensterscheiben in der ersten Etage. Anna rannte die Treppen runter, stolperte über den Fußabstreifer und lief in John hinein.

»John«, begann sie, hielt seinen rechten Arm fest, »es tut mir leid, ich kann dir nicht helfen, aber bitte glaube mir. Ich weiß nicht, wo sie sind. Sie hat sich nicht bei mir gemeldet, und ich bezweifle, dass sie hier auftauchen wird. Wenn du zweifelst, komm rein und sieh dich um, aber nur mit deinem Ehrenwort, nicht wieder auszuflippen.«

John entzog sich ihrem Griff, machte einen Schritt zur Seite und sah erneut zum Fenster hinauf.

»Ich bin nicht ausgeflippt«, murmelte er.

»Willst du nun mit nach oben kommen und dich davon überzeugen, dass Siobhan nicht da ist? Ich habe eine vierundzwanzig Stunden Schicht hinter mir, ich möchte einfach nur meine Ruhe, John.«

Er sah sie lange an. Schließlich sagte er: »Ich bin verzweifelt, Anna. Was soll ich tun, wenn ich sie nicht finde?«

Sie suchte nach Worten, machte schließlich eine einladende Geste zum Haus hinüber.

»Komm mit rein, ich mache etwas zu essen. Vielleicht hat Pol noch eine Idee.« Ihre Worte klangen tröstend und erschreckend zugleich.

»Ich will euch nicht weiter stören«, erklärte er und fuhr sich über das unrasierte Gesicht. »Und ich muss in Ruhe allein nachdenken.«

Mechanisch wanderte er durch die dunklen Straßen zu seinem Honda, konnte sich aber nicht entscheiden, zurück nach Letterfrack zu fahren.

Was soll ich da?, dachte er, *Letterfrack ist der letzte Ort, an dem sie sein könnte.*

Er setzte sich ans Steuer, startete den Motor und fuhr los. Nachdem er Clifden hinter sich gelassen hatte, hielt er am Straßenrand und stieg aus. In der Dunkelheit konnte er die Brandung hören. Es war kalt und windig, das lange Rietgras strich um seine Hosenbeine. Er stand im Straßengraben und fühlte sich seltsam ruhig. Wie so oft in den den letzten Tagen wollte er seine Gedanken ordnen und einen neuen Plan machen. Aber er fand nichts. Keine Gedanken und keine Idee.

Er fuhr die ganze Nacht ziellos umher, unschlüssig, was er nun tun sollte. Am frühen Morgen fand er sich an den Cliffs of Moher wieder. Das Touristenzentrum würde erst in Stunden öffnen und seine Besucher mit Tee, Kuchen und Souvenirs versorgen. John kletterte über den Schafzaun. Das Schild »Betreten verboten! Privat!« ignorierte er. Er folgte dem schmalen Trampelpfad bis zum Rand der Klippe. Dort setzte er sich und ließ seine Beine in die Tiefe baumeln. Allein. Über sich den Morgenhimmel, unter sich das tosende Meer. Er schrieb eine SMS an Rory.

Ich bin am Boden. Ich kann nicht zurück, ohne wenigstens mit ihr gesprochen zu haben. Es geht mir nicht mehr darum, sie nach Perth zurückzuholen. Ich habe einfach nur Sehnsucht nach den beiden.

Er erwartete keine Antwort, wollte nur loswerden, wie er sich fühlte. Schon nach wenigen Sekunden klingelte es. Gegen den Wind überdeckte John das Smartphone an seinem Ohr mit der hohlen Hand.

»Ich bin durch, Rory«, sagte er mit rauer Stimme, »ich habe die Nacht im Auto verbracht und bin an der Küste entlanggefahren, weil ich nicht schlafen konnte. Seit gestern habe ich nichts mehr gegessen.«

»Wo bist du, John?«, fragte Rory.

»An den Cliffs of Moher.«

»Was zum Teufel tust du da? Weißt du, wie früh es ist?«

»Ich werde den ganzen Tag damit verbringen, nach Siobhan zu suchen. Was soll ich sonst tun, solange ich noch hier bin?«

»Er ist an den Cliffs of Moher«, flüsterte Rory, fügte lauter an John gerichtet hinzu: »Du machst doch keinen Blödsinn, oder? Komm zurück nach Letterfrack, und wir sprechen über alles.«

John überlegte, schloss die Augen und spürte, dass sein Puls sich beschleunigte. »Ich suche weiter«, erwiderte er und beendete die Verbindung.

John zitterte in dem scharfen Wind, der über die Klippen jagte und am Stoff seiner Jacke zerrte. Die Feuchtigkeit des Bodens drang durch seine Hose, trotzdem blieb er sitzen und starrte auf sein Smartphone.

Ich will ohne die beiden nicht leben, dachte er, *niemals. Was hat Rory geglaubt, was ich hier an den Klippen mache? Hinunterspringen?*

Er hob den Blick und sah auf die schmale Linie zwischen Himmel und Meer. *Ich bin verzweifelt, aber nicht so verzweifelt. Weil ich sie ganz bestimmt finde und mit ihr reden werde. Es hat sich alles geändert. Kann sie nicht einfach anrufen, verdammt nochmal?* Als ein Akkord aus *Minnie the Moocher* eine Kurznachricht verkündete, zuckte er zusammen und ließ beinahe das Smartphone fallen. Zitternd sprang er auf, trat einige Schritte vom Klippenrand zurück und sah auf den Absender. Alles hätte er dafür gegeben, wenn Siobhan sein Stoßgebet beantworten würde, aber die SMS kam von Henry. Und was er las, verstand er nicht.

Die Stadt war nicht groß genug
für zwei Konditorinnen.

War das ein Scherz? Ein Internet Witz ohne das nötige Bild dazu? Das sähe Henry ähnlich. John hob den Kopf und schrie gegen den Wind an, bis seine Lungen aufgaben. Er hob das Smartphone, holte aus und machte Anstalten, es über die Klippen zu werfen. Im letzten Moment hielt er inne. Zwei Bilder fügten sich plötzlich zusammen, wie zuvor die Erinnerungen an Hildas und Siobhans Verschwinden:

Eine zweistöckige Hochzeitstorte mit rosa Rosenblüten aus Marzipan und Gitterverzierungen aus weißer Schokolade. Beim gemeinsamen Anschneiden flüsterte Siobhan ihm zu: *Die hat Julie für uns gemacht. Wir haben uns immer gestritten, wer die besseren Torten macht und dann entschieden …*

»… dass Letterfrack nicht groß genug ist für zwei gute Konditorinnen«, beendete John die Erinnerung daran laut.

Er wanderte hin und her, kramte in den letzten Winkeln seines Gedächtnisses, wo Julie hingezogen war oder wie sie mit Nachnamen hieß. Hinter den wellenförmigen Wiesen, die bis an das Besuchercenter heran ragten, sah John die ersten Reisebusse eintreffen.

Ich weiß, wie es schneller geht, dachte er, hastete den langen Weg zum offiziellen Teil der Klippen zurück.

Die Kälte spürte er schon lange nicht mehr, im Gegenteil, ihm war heiß. Plötzlich ahnte er, weshalb er immer wieder die Küste entlanggefahren und schließlich hier gelandet war. Im Touristencenter setzte er sich an einen der öffentlichen Computer und begann seine Suche im Internet. Er war sich kaum bewusst, dass er nach der Nacht im Honda unrasiert und nicht mehr taufrisch roch. Ihm war Julies Nachname eingefallen, und er fand kurz darauf in den *yellow pages* der Region den Eintrag eines Cafés.

Betreiberin: Julie Carmichael, Craddach, Co. Clare.

Danke dir, Henry, schickte er einen Stoßseufzer zum Computer, notierte sich die Adresse und erhob sich. Es knackte im Rücken, die verspannte Muskulatur schmerzte, aber sein Kopf war klar. Auf dem Weg nach draußen rannte er in eine Gruppe italienischer Touristen, die schnatternd die automatischen Türen blockierten. Überschwänglich griff er sich eine ältere Dame in geblümter Jacke und schwarzem Rock, drückte sie an sich und wirbelte sie in einer Tanzbewegung um sich herum. Sie lachte überrascht auf, John setzte sie wieder ab, gab ihr einen Kuss auf die Wange und sagte: »Ich bin die komplette Nacht durch die Gegend gefahren und sie war die ganze Zeit in der Nähe. Ich wusste, dass ich sie finden werde. Ist das nicht fantastisch?« Er schüttelte sie bei den Schultern und wiederholte: »Fantastico!«

Sofort war er inmitten lachender Gesichter, und die fröhlichen Stimmen begleiteten ihn bis auf den Parkplatz. Der Wind blies jetzt mit Sturmstärke, und am Himmel jagten dunkle Wolken Richtung offene See. John rannte die Treppen zur Aussichtsplattform hoch, nahm zwei Stufen auf einmal und fühlte sein Herz fliegen. Oben angekommen beugte er sich weit über die gemauerte Brüstung und schrie lachend den Möwen entgegen.

»Irland! Verfluchtes, verfluchtes Irland!«

Außer Atem und breit grinsend drehte er sich um, lehnte mit dem Rücken gegen die Mauer und starrte in die fragenden Gesichter einer Reisegruppe. Eine Frau in geblümter Jacke fotografierte ihn mit ihrem Handy und sagte: »Fantastico.«

John fuhr in den Burren, parkte am Straßenrand und machte sich an den Aufstieg über einen kargen Hügel. Der Wind hatte die Wolken zum Meer hinaus gefegt, und der Himmel erstrahlte wieder in Blau. Obwohl inzwischen schwächer geworden, riss er an seiner Kleidung. Zwischendurch blieb John keuchend neben den Steinreihen stehen und sah sich um, die Hände in den Rücken gestützt. Die Aussicht auf die Hügel und Berge war atemberaubend. Er spürte neue Kraft in sich und stieg bis zum Gipfel hinauf.

Ich kann den Himmel berühren, dachte er, *den alten irischen Himmel. Als sei ich nie weg gewesen. Wir gehören hierhin, egal wo wir herkommen und egal, wo es uns hingetrieben hat. Alles möchte ich dafür geben, wenn ich Siobhan hier oben erneut um ihre Hand anhalten dürfte, sie könnte gar nicht Nein sagen. Sie würde mir meinen Egotrip sofort verzeihen.*

Er setzte sich auf einen der Steine, die seit über hundert Jahren eine lose Mauer bildeten. Es war dieselbe Stelle, auf der er gesessen hatte, nachdem sie vor Jahren gemeinsam von den Cliffs zurückgekommen waren. Er schloss die Augen gegen den scharfen Wind und versuchte sich einzureden, er sei die Ursache seiner Tränen. Mit den Handballen wischte er sich die Augen, atmete tief durch und lachte dann laut auf. Das letzte Mal hatte er ein solches Gefühlschaos bei Roses Geburt erlebt. Wollte lachen vor Glück und begann zu weinen, wurde von einer Welle verzweifelter Traurigkeit hinweggeschwemmt und lachte darüber, bis er keine Luft mehr bekam. Er war froh, dass er allein hier oben war und gleichzeitig stimmte es ihn melancholisch. So ein Moment war es wert, mit jemandem geteilt zu werden. Er sah sich erneut um und erkannte das Panorama. Genau diese Stelle hatte Siobhan in einem ihrer ersten Bilder so lebensecht festgehalten. Die Bilder lagen noch im Haus in Brigadoon und verstaubten, sowohl die farbenfrohen aus den ersten, als auch die düsteren aus den letzten Tagen.

John verfuhr sich hoffnungslos auf der Suche nach dem Café. »Ich fasse es nicht«, murmelte er, »jetzt fahre ich zurück und klingel beim erstbesten Haus.«

Seine positive Stimmung war ungetrübt, aber er hatte Magenschmerzen vor Hunger, und der Akku seines Smartphones war schon seit Stunden leer. Eine Stunde später erreichte er endlich Craddagh. Das Wetter schlug um, es regnete, und der Wind wurde wieder heftiger. Julies Café lag am Rande einer neu errichteten Wohnsiedlung und in unmittelbarer Nähe der katholischen Kirche. John fuhr mit klopfendem Herzen einmal daran vorbei, sah, dass es geöffnet und gut besucht war und versuchte, sich einen Schlachtplan zurechtzulegen. Den Honda stellte er auf dem Parkplatz der Kirche ab. Er beobachtete den Eingang des Cafés.

Henry könnte sie vorgewarnt haben, kam ihm plötzlich in den Sinn. Im Schutze eines Baumes starrte er zum Café hinüber, sah die Gäste kommen und gehen und erhaschte einen Blick auf Siobhan. Es verschlug ihm den Atem, und er huschte hinter den Baum zurück. Sie hatte einer alten Frau mit Rollator die Tür aufgehalten, wechselte ein paar Worte mit ihr und verschwand wieder im Café. Sie trug ein dunkles Wollkleid, hatte das Haar hochgesteckt und wirkte vollkommen entspannt.

Wo ist Rose?, dachte John, lehnte sich gegen den Baum und wünschte, er könne jetzt einfach hinübergehen, sich ins Café setzen, sie anschauen und mit ihr reden. Aber das konnte nicht funktionieren. Er musste mit ihr in Ruhe sprechen und nicht während des laufenden Betriebs inmitten vieler Gäste.

Ich muss warten, dachte er, *wenn sie Feierabend hat, Rose abholt und nach Hause fährt, folge ich ihr.*

Er fühlte sich ertappt, als er seine Tochter von der anderen Straßenseite kommen sah. Er war so überrascht und betroffen, dass er fast ihren Namen gerufen hätte. Sie schwenkte eine Plastiktüte in der Hand und verschwand im Café. Es schien, als habe er sie seit Monaten nicht mehr gesehen und als sei sie ein ganzes Stück gewachsen. *Sie sieht glücklich aus*, dachte er, *sie ist wieder zu Hause.*

Vorsichtig schlich er zum Honda zurück und wartete ungeduldig darauf, dass das Café die Türen schloss.

Er war am Ziel. Er überlegte, wie er jetzt vorgehen könnte. Der erste Satz, der erste Augenblick, er musste direkt alles richtig machen, um Siobhan jede Abwehr zu nehmen. Offen und ehrlich sagen, wie er sich fühle, dass er Verständnis für sie habe. Und was er plane. Das war der Punkt, der ihm die heftigsten Kopfschmerzen bereitete. Er durfte nicht ihr neues Leben allein entwerfen, denn sie sollte nicht nur zustimmen, sondern mit eigenen Ideen an der Zukunft mitarbeiten.

Ehrlich sein, dachte er, *und Siobhan wird es verstehen.*

Die Zeit kroch dahin. Im Radio dudelten nur nervig belanglose Popsongs. Es begann zu regnen. Durch den Regenschleier hindurch beobachtete John, wie die letzten Gäste das Café verließen, und eine halbe Stunde später erschienen Julie, Siobhan und Rose vor der Tür. Rose trug einen langen Regenmantel und hatte die Kapuze hochgeschlagen, Siobhan hielt den Regenschirm, während Julie die Tür abschloss.

John rutschte tiefer in den Sitz, als die drei auf ihn zukamen. Mit angehaltenem Atem lauerte er durch den Lenkradwinkel, wie sie in einen Wagen stiegen und davonfuhren. Er folgte ihnen in einem sicheren Abstand.

Später observierte John das kleine Cottage, in dem Julie, Siobhan und Rose verschwunden waren. Der Regen strömte an seiner Jacke hinunter. Auch sammelten sich unzählige Tropfen auf seinen Brillengläsern. Er zögerte noch. Doch dann entschloss er sich, zum Haus hinüberzulaufen. Da ging die Haustür auf. Erschrocken drehte er sich um und machte einen hastigen Schritt zurück. Julie erschien, trug einen breiten Weidenkorb zum Auto, stieg ein und fuhr davon.

Jetzt, dachte John, trabte über die Straße auf das Cottage zu und klingelte. Das Blut rauschte in seinen Ohren. Die Tür wurde geöffnet, und Siobhan beugte sich ihm lachend entgegen. »Hast du doch was vergessen?«, fragte sie, und erstarrte, als sie ihn erkannte. Sie warf einen blitzschnellen Blick über ihre Schulter zurück ins Haus, trat näher zu ihm und sagte mit leiser Stimme: »Was machst du hier, John?«

Er räusperte sich, rieb sich die kalten Hände.

»Bitte lass uns drinnen reden. Ich weiß, ich hätte warten sollen, bis du dich meldest, aber es ist so viel passiert in den letzten Tagen, dass ich nicht warten konnte.«

Sie sah ihn zurückhaltend an. Sein Ton irritierte sie, nicht das, was er sagte. Das Drängende ohne zu drängeln. Er war verzweifelt. Sie ließ ihn herein. Das Cottage war kleiner, als es von außen den Eindruck machte. Langgezogen wie ein Schuhkarton und einstöckig, fanden nur ein winziges Wohn-

und Schlafzimmer gegenüberliegend Platz. Küche und Bad befanden sich in einem Anbau hinter dem Haus.

Siobhan führte John durch den schmalen Flur ins Wohnzimmer auf der rechten Seite. Vor dem gemauerten Kamin standen zwei kleine Chippendale Sofas, dazwischen ein Kaffeetisch.

Siobhan bedeutete John, sich zu setzen und nahm ihm gegenüber Platz. Er wünschte, sie hätte neben ihm gesessen, während er sprach.

»Es tut mir so leid, Siobhan. Ich weiß, weshalb du geflohen bist. Ich bin nach Hause gekommen und habe alles auf den Kopf gestellt bei der Suche nach euch. Dabei habe ich deine Bilder gefunden.« Er schluckte, um seine Stimme wiederzufinden, aber es gelang ihm nicht.

»Die Bilder«, murmelte Siobhan, lehnte sich zurück und legte beide Hände seitlich an ihren Hals, massierte mit den Fingerspitzen ihren Nacken.

»Ich bin hier, um alles wieder in Ordnung zu bringen. Zwei Jahre lang lebte ich in einer Traumblase und glaubte sogar, ihr wäret ein Teil darin. Ich war auf einem Egotrip und habe auch noch jede Sekunde genossen.«

Er seufzte, wartete, bis Siobhan ihn ansah.

»Ich weiß, wie schrecklich sich das jetzt anhört, aber es ist die Wahrheit, die ich mir selber eingestehe. Mein ganzes Leben dachte ich, ich sei nicht für den richtigen Erfolg geboren, ich sei von Natur aus nun mal nur Mittelmaß. Und dann kommt der Erfolg in einem Ausmaß, den ich mir nie erträumt hätte. Ich war wie in einem Rausch und konnte nicht mehr aufhören. Aber jetzt reicht es. Ich weiß nun, dass auch ich dazu fähig bin. Dieses Wissen kann ich nicht mehr verlieren. Euch aber kann ich verlieren. Und das ist das Letzte, was ich will. Verzeihst du mir?«

John sah sie hoffnungsvoll an, wartete auf ein Zeichen, aber Siobhan saß ihm erstarrt gegenüber und blieb stumm. Er zögerte noch, aber schließlich bat er leise: »Bitte, sag etwas. Siobhan?«

Als sie schließlich antwortete, zitterte ihre Stimme.

»Es tut mir auch leid, John.«

Jetzt hielt ihn nichts mehr auf seinem Platz, so weit entfernt von ihr. Er wollte sie endlich wieder in seinen Armen halten, wollte ihren Körper an seinem spüren. Das war so lange her.

»Dir muss doch nichts leid tun, Liebes, ich mache alles wieder gut.« Nur noch Millimeter, und dieser Albtraum wäre vorbei. Doch mitten in der Bewegung erstarrte er. Ihr Blick war Eis auf seine Euphorie.

»Du verstehst mich nicht, John. Es tut mir leid, es ist vorbei.«

Seine Beine versagten ihm den Dienst, und er fiel schwer auf die Couch zurück. Auch sein Gehirn versagte, er tastete nervös nach der Waterfordfigur in der Jackentasche und redete hektisch drauflos.

»Du hast Recht, unser altes Leben ist vorbei, und wir beginnen ein neues. Alle zusammen und zwar wieder hier in Connemara.«

»John!« Sie sprang auf und zog ihn an beiden Armen hoch. »Verstehst du nicht? Es ist vorbei. Ich verlasse dich. Ich musste darüber nachdenken, aber mein Entschluss steht fest.«

John schüttelte den Kopf.

»Ich habe überall nach dir gesucht. Ich war bei Donna und den anderen …«

»Ich weiß«, warf sie ein.

Er sprach immer schneller und lauter, zügelte sich nur mühsam. »Zuerst wollte ich euch zurück nach Australien holen, aber …«

***

Rose schob sich in der Küche den Stuhl an die Arbeitsfläche und kletterte nach oben, um an den Oberschrank heranreichen zu können. Sie stellte alles bereit, was sie für ihren Kuchen brauchte. Siobhan hatte verboten, dass sie allein den Backofen benutzte, aber sie wog das Mehl und den Zucker ab, summte dabei vor sich hin und schaute geschäftig ins Backbuch.

Seit sie wieder in Irland lebten und bei Julie ein Heim gefunden hatten, ging sie vollkommen darin auf, im Café zu helfen und Kuchen zu backen. Dass Julie Reitpferde am Haus stehen hatte, war beinahe zur Nebensache geworden. Julie stellte Privatpferde bei sich unter, und Rose durfte den Stall nicht alleine betreten.

Vielleicht fahren wir am Montag zu Donna, Matthew and Son besuchen, dachte sie.

Montags hatte das Café geschlossen, und sie konnten den Überlandbus nach Clifden nehmen.

Rose riss die Tütchen mit Vanille- und Backpulver auf, streute den Inhalt ins Mehl und siebte alles in eine große Rührschüssel. Durch die angelehnte Tür hörte sie ihre Mutter mit jemandem sprechen und wurde neugierig. Mit mehligen Fingern schlich sie zur Tür. Es war eine männliche Stimme, die sie undeutlich hörte, aber es war nicht Julies Freund, der ab und zu vorbeikam. Sie schlug sich die Hände vor den Mund, um einen Freudenschrei zu unterdrücken, als sie

85

ihren Vater erkannte. Ihre Hände hinterließen Mehlspuren auf ihren Wangen.

Endlich, dachte sie, *ich wusste, dass er irgendwann kommt. Jetzt wird alles wieder wie früher.* Sie drückte ihr Ohr in den Türspalt und zog ihn vorsichtig, um kein Geräusch zu machen, ein wenig weiter auf. *Gleich sagt Daddy meinen Namen, dann renne ich los*, dachte sie mit einem Grinsen im Gesicht. Doch mit dem nächsten Satz schon packte sie Entsetzen. *Mommy will nicht!* Augenblicklich liefen Tränen ihre Wangen hinunter und zogen Spuren ins Mehl. Die Worte *»nach Australien holen«* ihres Vaters hörte sie gerade noch, als sie schon durch eine Hintertüre der Küche in den Garten lief. *Niemals*, dachte sie, *ich will nicht mehr nach Australien zurück.*

***

»Siobhan, ich bin hier, weil ich es endlich begriffen habe.« John griff nach ihren Händen, wollte sie festhalten, aber sie entzog sich ihm.

»Vergiss es, John. Es ist vorbei, wir gehen nicht wieder nach Australien.«

Der Regen peitschte laut gegen die Fenster und von fern rollte der erste Donner heran. Siobhan ging zur Küchentür und zog sie ins Schloss, ohne einen Blick in die Küche zu werfen.

»Hör mir doch zu, Siobhan. Ich will nicht zurück nach Perth. In den letzten Tagen hier in Irland ist mir klar geworden, dass du hierhin gehörst und ich ebenso. Es war bestimmt nicht falsch, es in Australien zu versuchen, aber ich habe die Balance verloren. Lass uns hier gemeinsam neu anfangen.«

Siobhan ignorierte John, der etwas aus seiner Jackentasche zog. Sie ging zum Fenster hinüber.

»Begreife es endlich, John. Es gibt keine gemeinsame Zukunft mehr für uns. Du hast dich so weit von uns entfernt in den letzten Jahren, dass es nicht funktionieren kann. Es ist gut, wenn du in Irland bleibst, dann kann Rose dich regelmäßig sehen.« Sie zögerte und setzte provozierend hinzu: »Wenn du Zeit dazu hast.«

John starrte sie an. Allmählich sickerten ihre Worte zu ihm durch, und die Erkenntnis ihrer Bedeutung lähmte ihn. Mechanisch legte er das Päckchen auf dem schmalen Kaminsims ab, blickte auf seine gefühllosen Hände ohne sie zu sehen. Er konzentrierte sich auf seinen Herzschlag, um die Fassung zu wahren und zuckte zusammen, als Siobhan irgendwann sagte: »Ich wünschte, ich könnte etwas anderes sagen, John. Vielleicht liebt ein Teil von mir dich noch immer, aber ich kann nicht mehr mit dir leben.«

Tu mir das nicht an, dachte er, und fragte schließlich mit rauer Stimme: »Wo ist Rose? Wo ist unsere Tochter?«

Gegenwart

John hoffte, dass es bei den Klippen Vorsprünge gab, die einen fallenden Körper auffangen konnten. Er zwang sich, ruhig zu bleiben und nicht überhastet über den Rand in den Abgrund zu treten.

»Ich bringe Crumble zurück!«, rief Julie, schwang sich auf das nervös tänzelnde Pony, »bevor ich ihn nicht mehr halten kann. Ich komme gleich wieder.«

John und Siobhan nahmen das kaum wahr, schritten rechts und links neben dem Weg, der sich durch das Gelände schlängelte. Die Gewitterzelle hing direkt über ihnen, aber sie hofften, dass der Wind vom Meer sie bald auflösen würde. Scheinbar endlos suchten sie im Regen. John trat häufig in Bodenlöcher, fühlte unter seinem Gewicht Steine und Erde wegbrechen. Jedes Mal fing er sich wieder, hastete weiter. Plötzlich schrie Siobhan zu ihm hinüber, und durch seine nassen Brillengläser sah er eine kleine Gestalt an sich vorbei Richtung Abgrund laufen. Er bekam Rose an der Kapuze des Sweaters zu fassen, riss sie an sich heran und ließ sich gleichzeitig mit ihr auf die Knie fallen. Rose wehrte sich erst atemlos schluchzend, dann gab ihr kleiner Körper auf und sie drückte sie sich an ihren Vater. Sekunden später hockte Siobhan bei ihnen.

»Wie konntest du nur weglaufen?«, rief sie, tastete nach Roses Gesicht und streichelte es sanft mit beiden Händen. »Du hättest abstürzen können.«

Rose zitterte, wand sich aus der Umarmung ihres Vaters und löste den Steckverschluss ihres Reithelms, zog ihn aus und ließ ihn ins Gras fallen.

»Crumble ist gescheut und hat mich abgeworfen«, sagte sie immer noch weinend, »und dann ist er weggerannt. Ich wollte doch nur …« Sie verstummte, zog geräuschvoll die Nase hoch und drückte sich an Siobhan. »Ich will nicht wieder nach Australien.«

In weiter Ferne schlug krachend ein Blitz ein, und der Donner rollte erst Sekunden später zu ihnen hinüber. Endlich hörte der heftige Regen auf.

»Lass uns zurückgehen«, sagte Siobhan. »Wir brauchen alle eine heiße Dusche und Tee mit viel Honig.«

John nahm Rose auf den Arm und trug sie Richtung Cottage, bis ihnen Julie mit einer Taschenlampe entgegenkam. Sie entdeckte Rose auf Johns Arm und blieb erleichtert stehen.

»Heilige Maria sei Dank!«, rief sie und bekreuzigte sich. Siobhan lächelte ihr zu, strich Rose das nasse Haar aus dem Gesicht.

»Es ist noch mal gut gegangen«, sagte sie.

Im Suzuki packten sie Rose in eine Wolldecke und setzten sie auf den Beifahrersitz. Auf der Rückbank flüsterte Siobhan: »Sie hätte auch tot sein können. Und das wäre deine Schuld gewesen.«

John nieste zweimal, rieb sich die Augen. Mit ebenso unterdrückter Stimme erwiderte er: »Du bist unfair. Rose wäre niemals ausgerissen, wenn du mich nicht so unendlich hingehalten hättest.«

Julie hielt vor dem Cottage und gab vor, von der geflüsterten Unterhaltung kein Wort mitbekommen zu haben. Rose zitterte.

»Was nun?«, fragte sie. »Ich kann John ein Klappbett für die Nacht anbieten. Aber ich hoffe, ihr vertragt euch, Kinder, und streitet nicht die ganze Nacht.«

»Nein«, sagten John und Siobhan gleichzeitig.

John sprach lange mit Rose und erklärte ihr, dass er nur kurz wieder nach Australien ging, um seinen Job zu kündigen und das Haus zu verkaufen. Rose schien mit der Erklärung zufrieden und war beruhigt, aber Siobhan beobachtete die beiden aus der anderen Ecke des Raumes und glaubte nicht daran. Noch immer lag das Päckchen, das John mitgebracht hatte, unbeachtet auf dem Kamin. Sie wollte eine Erklärung von ihm dazu. Sie sprachen an diesem Abend weder über Trennung noch über eine gemeinsame Zukunft. Rose erzählte dagegen endlos, was sie seit ihrer Ankunft in Irland erlebt hatte, und dass es Matthew and Son gut ging.

»Ich weiß«, sagte John, »ich habe die beiden besucht.«

John brachte sie zu Bett, deckte sie ordentlich zu und wünschte ihr eine gute Nacht. Siobhan war mit dem Abwasch beschäftigt, und Julie versorgte draußen die Pferde.

»Wir können es wieder und wieder diskutieren«, sagte Siobhan, »ich bleibe dabei. Wir erklären Rose, dass wir uns für eine bestimmte Zeit trennen und dann weitersehen. Das gibt ihr Zeit, es zu verarbeiten.«

»Aber ich liebe dich , Siobhan.« John wusste, dass er das viel zu selten gesagt und noch seltener bewiesen hatte.

»Auch das macht keinen Unterschied.« Sie war den Tränen nahe, knetete an ihren nassen Händen herum und griff nach dem karierten Geschirrtuch. »Ich kann nicht mehr mit dir leben.«

John überlegte einen Moment, ihr endlich die Figur zu überreichen und sie ein letztes Mal zu bitten, ihm eine zweite Chance zu geben. Dann ließ er diesen Augenblick verstreichen. Vielleicht war es doch zu spät.

Er lag auf dem ausgeklappten Gästebett neben Siobhan und Rose. Es fühlte sich seltsam an, mit ihnen in einem Raum zu liegen, und er machte kein Auge zu.

Als Siobhan am frühen Morgen aufstand, war John verschwunden. Mit ihm seine Tasche und der Leihwagen vor der Tür.

Zwei Monate später

Siobhan lächelte zu Rose hinüber, die mit dem Tablett von Tisch zu Tisch ging und das benutzte Geschirr einsammelte. Ihr Haar hatte sie mit einem Band zurückgebunden. In ihrer hellblauen Schürze steckten Bestellblock und Bleistift.

Sie hatten Tische vor dem Laden aufgestellt, denn das Wetter war freundlich genug, um den Kaffee und Tee in der Frühlingssonne genießen zu können.

Rose trug das Tablett an Siobhan hinter der Kassentheke vorbei in die Küche, kam zurück und sagte: »Fertig.«

Mit einer Kopfbewegung deutete Siobhan zu einem Ecktisch, an dem Schulbücher und Hefte lagen. Roses Hausaufgaben, die auf sie warteten.

An zwei Tagen in der Woche betrieb Siobhan das Café allein, Rose kam am frühen Nachmittag von der Schule und half ihr, bis zum Geschäftsschluss. Gemeinsam fuhren sie dann nach Hause.

Als die Türglocke anschlug, hob Siobhan den Kopf und rief: »Wir schließen in zehn Minuten.«

»Du hast doch bestimmt noch eine Tasse Kaffee für einen alten Mann übrig?«

Rose sprang von dem Tisch auf, rannte Rory entgegen und ließ sich von ihm einmal durch die Luft wirbeln.

»Für dich immer, Rory«, sagte Siobhan. Sie schloss die Tür hinter ihm, drückte ihm einen Kuss auf die Wange und umarmte ihn. Rose sah aufmerksam zwischen den beiden hin und her und kehrte zu ihren Hausaufgaben zurück.

»Setz dich«, sagte Siobhan, »was führt dich her?«

Rory legte seine Polizeimütze auf dem Tisch ab und beobachtete, wie Siobhan die Kaffeemaschine bediente.

»Ich war in der Nähe.« Sie setzte sich zu ihm. Er gab Milch in seine Tasse und nahm den ersten Schluck.

»Können wir unter vier Augen sprechen?«

Sie sah ihn prüfend an.

»Wir müssen nur noch abschließen und die Einnahmen zur Bank bringen«, sagte sie schließlich, »den Rest mache ich morgen früh.«

Rory begleitete sie, Siobhan warf die Geldbombe ein, und sie fuhren nach Hause. Sie hatte inzwischen eine kleine Wohnung angemietet, die in unmittelbarer Nähe zum Café lag und von der aus Rose den Bus zur Schule nahm. Rose hüpfte vor ihnen die Stufen hoch und wartete vor der Wohnungstür.

»Du wolltest doch eine bessere Unterkunft suchen«, bemerkte Rory. Die Wohnung lag über einem Pub, und das ganze Gebäude war heruntergekommen. Der Putz blätterte ab, es roch bis zum Dachboden nach Bier und ständig fiel der Strom aus.

»Frag nicht«, seufzte Siobhan. »Alles in der Nähe ist zu teuer.«

Rose verschwand in ihrem Zimmer, Siobhan und Rory setzten sich in die Küche.

»Was gibt es nun wirklich?«, fragte sie, »erzähl mir nicht, du hättest hier zu tun gehabt.«

Der Garda zog die Jacke aus und packte seine Tasche auf den Tisch. Dieser entnahm er ein Tablet und grinste breit, als Siobhan durch die Zähne pfiff.

»Rory und moderne Kommunikationstechnik.«

Er hob das Kinn und blinzelte ihr zu.

»Du würdest dich wundern, was ich auf meine alten Tage noch gelernt habe.« Er schaltete das Gerät ein und tippte sehr behäbig sein Passwort. Siobhan beobachtete ihn und fragte beiläufig: »Hast du was von John gehört?«

Ohne das Zweifingertippen zu unterbrechen, murmelte Rory: »Interessiert dich das wirklich, Mädchen?«

Sie verzog das Gesicht. Das Thema John hatte sie allen anderen gegenüber als abgeschlossen erklärt. Außerdem hasste sie es, wenn Rory sie »Mädchen« nannte. Unter dem Tisch ballte sie die Hände zu Fäusten so fest zusammen, dass sich ihre Fingernägel in die Handballen bohrten. Rory sah sie über den Rand seiner Lesebrille an.

»Das war nur eine Frage, Siobhan. Ich weiß, dass er zurück nach Perth gegangen ist und Schwierigkeiten hatte, aus seinem Vertrag herauszukommen. Wo er im Moment ist, kann ich dir allerdings nicht sagen. Aber ...« Er klickte auf das Videosymbol und schob ihr demonstrativ das Tablet entgegen. »Das hier solltest du dir ansehen.«

»Was?«, setzte sie an, sofort klopfte Rory warnend mit dem Zeigefinger auf den Tisch.

»Sieh es dir einfach an.«

John erschien auf dem Display. Sein Gesicht war hager und unrasiert, er trug eine dunkelblaue Baseballkappe, die er abnahm, bevor er zu sprechen begann.

»Siobhan«, sagte er, »ich habe Rory gebeten, dir diese Nachricht zu überbringen.«

Schnell schlug Siobhan mit den Fingerspitzen auf das Tablet und ließ das Bild einfrieren.

»Ich will das nicht hören«, herrschte sie, »ich weiß doch, was kommt. Bitte verzeih mir und komm zurück. Das brauche ich nicht!« Sie sprang vom Stuhl hoch. Unerwartet schnell und fest packte Rory sie am Oberarm. Ungläubig starrte sie ihn an. Wann hatte sie ihn jemals so wütend gesehen?

»Du setzt dich jetzt hin«, sagte er sehr deutlich, »und hörst dir an, was der Mann zu sagen hat.«

»Wozu, verdammt nochmal? Ich habe mir in den letzten Monaten ein eigenes Leben aufgebaut. Der Job in dem Café ist perfekt, Rose geht zur Schule, und die freien Tage verbringen wir gemeinsam. Ich will weder mir noch Rose Hoffnungen machen. Das hier,« sie deutete auf das Tablet, »reißt noch nicht ganz verheilte Wunden wieder auf. Ich habe ihm gesagt, dass es für uns kein Zurück gibt.«

Rorys Griff wurde fester. Er zwang sie, sich wieder zu setzen, doch ihren Widerstand gab sie nicht auf.

»Und du steckst mit ihm unter einer Decke.«

»Du hältst jetzt besser den Mund und siehst dir das an, wenn du nicht willst, dass ich dich wie eine verzogene Göre übers Knie lege. Und erst, wenn du dir alles angehört hast, darfst du darüber nachdenken, ob du weiterhin auf deinem hohen Ross sitzen bleiben möchtest. Keine Sekunde vorher.«

Sie wollte schon empört antworten, aber dann zuckte sie mit den Schultern und tippte widerwillig auf das Display. Der Film lief wieder an.

»Ich will dir zeigen, was ich unternommen habe, damit du zurückbekommst, was ich dir in meinem Egoismus genommen habe.«

Das Bild wechselte.

Siobhan erkannte die Umgebung sofort. Das Wohnhaus war geräumt, die Türen zu den ehemaligen Gästezimmern standen offen und ließen einen Blick hinein zu. Bis auf Kartons und zerlegte Schränke war nichts von der Einrichtung übrig. Im Hintergrund waren Stimmen und ein lautes Geräusch zu hören, als zöge jemand einen Tisch über den Holzfußboden.

Sie ziehen aus!, dachte Siobhan, *Atkins ziehen aus.*

Die Person, die die Kamera durch das Haus und dann auf den Hof führte, stolperte. »Lass das teure Ding nur ja nicht fallen«, sprach jemand viel zu laut im Film.

»Alles im Griff«, rief der Kameramann zurück, und Siobhan erkannte Rorys Stimme. Er filmte weiter, wie Tomas die Bretter von den Pferdeboxen abriss und in die Hofmitte warf. Henry saß auf einem Traktor, eine Zigarette im Mundwinkel und diskutierte, dann ratterte er vom Hof. In der nächsten Einstellung hatten die Männer dicke Stahlseile am Traktor befestigt, und Henry fuhr langsam an, bis sich die Seile hoben und spannten.

Was machen die da?, fragte sich Siobhan aufgeregt, bis Rory mit der Kamera einen Schritt zurück trat und sie erkennen konnte, dass die Seile an den Eisentoren der Hofeinfahrt befestigt waren. Mit einem hässlichen Knirschen lösten sich die verankerten Bolzen aus der Steinmauer, bis die Tore nachgaben und mit einem ohrenbetäubenden Krachen auf die Straße stürzten.

»Himmel!«, hauchte Siobhan.

Die Männer jubelten, und Henry zog die Tore weiter über die Straße, bis er stehenblieb und vom Traktor sprang. Er schlug einem Mann in grauem Sweater und einer Baseballkappe auf die Schultern. Das war John, der sich grinsend herumdrehte. Dann war John in der Küche zu sehen, die mit den modernen Geräten und hellen Schränken fremd aussah. Er sprach direkt in die Kamera: »Du wirst dich wundern, was wir hier veranstalten, Siobhan. Eigentlich jedoch ist es ganz einfach. Familie Atkins hat den Hof verkauft. So konnten wir beginnen, alles wieder in den ursprünglichen Zustand zurückzuversetzen. Weshalb wir das tun?« John grinste und nahm die Kappe ab, fuhr sich mit der Hand über das kurze Haar. »Weil ich den Hof zurückgekauft habe. Es war für mich fast unmöglich, früher aus dem Arbeitsvertrag herauszukommen, aber letztendlich erzielten wir eine Einigung. Ich bin als externer Berater noch für vier Monate involviert und danach frei. Das Haus in Brigadoon ist verkauft, ich habe eine Firma beauftragt, alles in einen Überseecontainer zu packen und herzuschicken. Wenn du uns eine zweite Chance gibst, Siobhan, bin ich der glücklichste Mann der Welt. Wir bereiten die Ställe und das Haus so vor, dass du die Pferde zurückholen und mit Rose einziehen kannst.«

Er beugte sich zur Seite und hielt ein eng beschriebenes Dokument vor die Kamera. Siobhan bemerkte seine schmutzigen und verletzten Hände. Bei den Arbeiten musste er sich mehr als einmal mit dem Hammer selbst getroffen und sich Holzsplitter eingerissen haben.

»Das ist der Kaufvertrag auf deinen Namen. Der Keatinghof gehört wieder dir.«

»Was macht der Mann da?«, rief Siobhan aufgebracht, »will er mich unter Druck setzen?«

Sie rang um Fassung und schloss für einen Moment die Augen.

»Wenn du diese Aufnahme siehst, ist auf dem Hof bereits alles fertig. Und ich hoffe, dass du die beiden Herzen richtig verstanden hast.«

Siobhan wischte sich verstohlen die Tränen von den Wangen und fragte undeutlich: »Was für zwei Herzen?«

»Das weiß ich auch nicht«, erwiderte Rory sanft.

»Ich muss nach London, um ein paar Dinge zu regeln, aber ich träume davon, dass unsere Liebe einen neuen Weg findet.«

Jetzt weinte sie hemmungslos, erhob sich und riss mehrere Tücher von einer Haushaltsrolle ab. Geräuschvoll putzte sie sich die Nase und sah zu Rory hinüber. Ihre Wimperntusche lief in schwarzen Streifen die Wangen herunter.

»Ich kann das nicht«, schluchzte sie, »ich weiß nicht, ob ich mit John wieder zusammenleben kann.«

Rory lehnte sich zurück und nickte Richtung Küchentür. »Weshalb fragst du nicht deine Tochter, was sie von der Idee hält, wieder nach Hause zu ziehen?«

Flughafen Heathrow, London

John hatte einen Gepäckwagen mit einem blockierenden Rad erwischt und fluchte entnervt vor sich hin. Ständig brach der Wagen aus, fuhr in die falsche Richtung, und wenn er es zu korrigieren versuchte, kamen Koffer und Tasche ins Rutschen.

Das Übergepäck hatte er ohne mit der Wimper zu zucken bezahlt, denn alles, was er mitgebracht hatte, war ihm wichtig. Dinge, die er sofort benötigte und auf die er nicht warten konnte. Der Anschlussflug von Singapur war pünktlich gewesen, dafür hatte er fast eine Stunde an der Ausgabe des Sperrgepäcks gewartet. Das gerahmte Bild mit dem Hügelpanorama und der Steinreihe, das er schließlich in Empfang nahm, war dick in Luftpolsterfolie eingeschlagen und mit roten Zerbrechlich-Aufklebern versehen.

»Was ist das, ein Van Gogh?«, fragte der Mann an der Ausgabe, und John erwiderte ernst: »Wertvoller als ein van Gogh. Das ist der Herzschlag Connemaras.«

Der Mann zuckte mit den Schultern. Als Angestellter des Flughafens Heathrow machte ihn nichts mehr neugierig.

Da bin ich, dachte John, *zurück in London.*

Er schob den hinderlichen Gepäckwagen Richtung Zollabfertigung.

Und was stelle ich jetzt mit meinem Leben an? Mein Plan ist nicht aufgegangen.

Von Rory hatte er erfahren, dass Siobhan und Rose tatsächlich wieder auf der Keatingfarm lebten. Sie hatten die Pferde und sogar den inzwischen sehr alten Captain zurückgeholt, aber seitdem waren fast zwei Monate vergangen. Sie hatte sich nicht bei ihm gemeldet. Er verstand nicht, warum sie die zwei Herzen, sein Symbol für einen

Neuanfang, zwar behalten hatte, doch ihm trotzdem keine zweite Chance gab.

Irgendwann wird sie sich melden, dachte er, *schon allein wegen Rose. Vielleicht ergibt sich dann die Gelegenheit, in Ruhe über alles zu sprechen.*

Seine eigenen Pläne waren kurzfristiger Natur. Seine Eltern besuchen, die Zeit für einen Urlaub nutzen, eine passende Wohnung oder ein Haus finden. Es musste groß genug sein, damit Rose in den Ferien bei ihm übernachten konnte. Die Gegend hatte er festgesteckt. Möglichst nahe an Letterfrack, nur nicht direkt in Letterfrack. Clifden eventuell.

Wieder geriet das Bild zwischen den Koffern ins Rutschen. John griff hastig zu, bevor es vom Wagen fiel. Er erreichte den Zoll, wurde durchgewunken und steuerte erleichtert dem Ausgang entgegen. Zum Hotel am Hyde Park müsste er ein Taxi nehmen, dort endlich duschen und etwas essen. Vor dem Gebäude warteten bereits mehrere Passagiere auf Taxen, die in kurzen Abständen wechselten und die Fahrgäste aufnahmen. John trug die Koffer an den Straßenrand, die Tasche über der Schulter, das Bild unter dem Arm. Nur mit Mühe gelang er durch die automatische Tür, wartete dann in der Mittagssonne, bis er an die Reihe kam. Ein Privatwagen schob sich hupend an einem Taxi vorbei und hielt direkt neben ihm. John hörte den Fahrer des geschnittenen Taxis fluchen. Bevor er sich Gedanken darüber machen konnte, weshalb sich jemand so unverfroren nach vorne drängelte, wurde die Tür auf der Beifahrerseite aufgestoßen und eine Stimme rief:

»Sie haben ein Taxi bestellt?«

John machte einen Schritt vorwärts und beugte sich herunter. Sein Herz setzte mehrmals aus und raste wieder los. Ihm wurde schwindelig. Siobhan saß hinter dem Steuer und grinste ihn an.

»Soll ich beim Gepäck helfen?«

Er lachte laut auf, überwältigt vor Überraschung und Freude. Er stellte das Bild zwischen den Koffern ab und lief um den Wagen herum. Siobhan stieg aus und sprang ihm in die Arme.

Sämtliche Taxen hupten, und John legte schnell sein Gepäck in den Kofferraum. Als er die Haube zuschlug, sah er auf das irische Nummernschild. G für Galway. Das Bild legte er auf den Rücksitz und stieg neben Siobhan ins Auto.

»Wo geht es hin?«, fragte er, »ich kann nicht glauben, dass du hier bist.«

»Fahren wir zu deinem Hotel«, schlug Siobhan vor und fädelte sich in den stockenden Verkehr ein.

»Ich weiß auch, welches du gebucht hast. Meine Spione haben sehr zuverlässig gearbeitet«, erklärte sie. »Es gibt so Vieles, das ich dir endlich sagen möchte.«

Kaum hatte sie die freie Straße vor sich, drückte sie auf das Gaspedal und erinnerte John daran, wie ungern er ihr Beifahrer war. Manche Dinge ändern sich nie.

»Miss«, sagte er steif, »könnten Sie etwas langsamer fahren, wenn wir uns während der Fahrt schon unterhalten müssen?«

Ohne ihn anzusehen schaltete sie einen Gang runter und erwiderte ebenso gekünstelt: »Natürlich, Sir. Ich kann entweder den Mund halten oder langsamer fahren.«

Sie lachten. Siobhan hörte weder auf zu reden, noch drosselte sie das Tempo, bis sie vor dem Hotel standen.

Es war Johns Lieblingshotel in London, ein altes Gebäude direkt am Hyde Park, in dem er für ein paar Tage Luxus und gutes Essen genießen wollte. Sie betraten die Lobby, und ein Page beeilte sich, die Koffer aus dem Wagen zu holen.

»Ich habe ein Einzelzimmer gebucht«, sagte John am Empfang, »aber die Pläne geändert. Ich hätte gerne die Suite.«

Siobhan schlenderte zum Restaurant hinüber, studierte die Speisekarte. Plötzlich ertönte ein ohrenbetäubender Schrei. John fuhr herum. Quer durch die Halle kam Rose auf ihn zu gerannt, das lange Haar zu zwei Zöpfe geflochten, die bei jedem Schritt hin und her flogen. John ließ sich auf ein Knie hinunter und breitete die Arme aus. Er schloss die Augen, als Rose ihn stürmisch umarmte und nicht mehr loslassen wollte.

»Ich freue mich auch, dich zu sehen, Honey pie, aber ich muss noch meine Schlüsselkarte in Empfang nehmen.«

»Okay«, murmelte Rose, ließ ihn jedoch nicht los.

»Okay«, lachte John, hob sie an seinem Hals hängend mit hoch und setzte sie neben sich auf die Theke.

In der Suite auf der zweiten Etage packte John seine Reisetasche aus, während Siobhan die Aussicht von dem kleinen Balkon genoss. Rose sprang auf dem Bett auf und ab und redete ununterbrochen im Takt ihrer Hüpfer. »Wir sind mit der Fähre gekommen«, sagte sie, »und mir ist nicht schlecht geworden. Ich habe Eis gegessen und mit einem Mädchen gespielt. Mom sagte, wir haben eine Überraschung für dich.«

John stellte die leergeräumten Koffer in den Schrank und drehte sich lächelnd herum.

»Die ist euch gelungen.«

Am Abend, als sie Rose ins Bett gesteckt hatten, saßen John und Siobhan am geöffneten Fenster und sahen auf den nächtlichen Hyde Park hinaus.

»Als Rose und ich wieder in Letterfrack waren, versuchte ich mir einzureden, dass wir es auch zu zweit schaffen. Dass ich dich nicht vermisse und mein Leben als *single mother* meistern könne. Aber das Haus ist so furchtbar leer ohne dich. Ein Teil meiner Seele fehlt. Im fremden Craddagh konnte ich das verdrängen, aber nicht zu Hause. Irgendwann habe ich mir eingestanden, dass ich nicht ohne dich leben kann und auch nicht will.«

»Deshalb also hast du die zwei Herzen angenommen«, sagte John, »daher hoffte ich die ganze Zeit, dass ich eine zweite Chance bekommen würde.«

Siobhan sah ihn fragend an.

»Zwei Herzen? Wovon redest du?«

Jemand räusperte sich von der Schlafzimmertür her, und die beiden fuhren herum. Rose erschien in der Tür, das lockige Haar fiel offen über ihre Schultern, bildete einen starken Kontrast zu dem weißen Nachthemd. Sie hielt etwas auf ihrer Handfläche und kam langsam näher.

»Das hier«, sagte sie ein wenig ängstlich. In ihrem Gesicht stand die Unsicherheit eines Kindes, das wusste, dass es etwas Falsches getan hatte.

»Dad hat es bei Julie auf den Kamin gelegt. Ich war neugierig, was da drin ist und habe es aufgemacht. Als ich den Zettel gelesen habe, hatte ich nur noch Angst, dass du es ihm zurückschickst und ich Daddy nie wiedersehe. Deshalb ...«, sie kämpfte mit den Tränen, »habe ich es behalten.«

Siobhan stürmte auf sie zu, schloss sie ohne Worte fest in den Arm und drückte ihr einen Kuss auf die Wange. Sehr behutsam nahm sie die geöffnete Schachtel entgegen und betrachtete die Figur von Waterford. Zwei ineinander verschlungene Herzen aus Glas, in denen sich ein sanfter rosa Wirbel zog wie eine Lebensader, die beide Herzen miteinander verband. Unter der Figur lag ein Zettel und Siobhan las:

Ich habe dein Kristallpferd in Brigadoon zerbrochen und möchte dir diese Herzen als Symbol unseres neuen gemeinsamen Lebens in Connemara schenken. Ich gebe dir alles zurück, was ich dir nahm und was du durch mich verloren hast. Wenn du sie behältst, weiß ich, dass du mir irgendwann eine zweite Chance gibst. Wenn du sie mir zurückschickst ans Village Inn, in dem ich noch ein paar Tage bleibe, akzeptiere ich das. Dann muss ich damit leben, dass ich als Ehemann versagt habe und werde alles tun, um wenigstens ein guter Vater zu sein.

Liebe, John

»Oh heiliger Jesus«, rief Siobhan, wischte sich die Tränen aus den Augen, »jetzt weiß ich auch, was du mit den zwei Herzen in deinem Video meintest.« Sie fiel John um den Hals, lachte unter Tränen, als er sie einmal um sich schwang und wieder auf die Füße stellte.

»Ihr seid mir also nicht böse?«, fragte Rose. Sie sprang auf den Sessel, um an ihre Eltern heranreichen zu können.

»Wir werden dir niemals böse sein«, sagte John.

Rose schlief im Bett zwischen ihnen. John und Siobhan saßen mit dicken Kissen im Rücken da und betrachteten das Bild, das John ausgepackt und vor dem Fernseher platziert hatte.

»Es ist nicht so perfekt, wie ich es in Erinnerung hatte«, murmelte sie, »Ich habe wochenlang an den passenden Grüntönen und Schattierungen gesessen und die Perspektive ist noch immer nicht stimmig.«

»Es ist perfekt, so wie es ist«, erwiderte John. »Wir werden einen Ehrenplatz im Haus dafür finden.«

Johns Eltern waren begeistert, als sie nicht nur ihren Sohn, sondern auch Schwiegertochter und Enkelin wiedersahen. Johns Vater nahm ihn beiseite, als die Frauen in die Küche verschwanden, um das Abendessen vorzubereiten.

»Wie sieht es finanziell bei euch aus?«, fragte er, »wird Siobhan wieder Reitgäste beherbergen?«

Er sagte das in einem missbilligenden Unterton. Die Geschäftsidee fand er an sich nicht schlecht, aber von Anfang an hatte er nicht verstanden, weshalb Siobhan es nie richtig groß aufgezogen hatte, um damit auch Profit zu machen.

»Das war noch kein Thema, Dad«, sagte John, drehte sich mit dem Rücken zur Küche, als wolle er verhindern, dass Siobhan etwas mitbekam.

»Aber ich habe einen Job in Aussicht. Siobhan muss allerdings einverstanden sein. Mach dir keine Sorgen, unsere Rücklagen reichen eine Zeit lang, um über die Runden zu kommen.«

Zu seiner Erleichterung rief Rose in diesem Moment aus der Küche: »Daddy, wir bekommen ein Glas nicht auf.«

»Da sollte wohl eine Männerhand ran«, antwortete er und konnte seinem Vater entkommen.

Am späten Abend verabschiedeten sie sich und nahmen morgens um acht Uhr die erste Fähre von Holyhead nach Dublin. Es war John, dem so furchtbar schlecht wurde, dass er die ganze Überfahrt auf der Toilette verbrachte.

Die Keatingfarm erstrahlte im Glanz der alten Zeiten. Der Verkauf hatte dem Gebäude gut getan, denn Familie Atkins hatte viel Geld in die Sanierung gesteckt. Das Badezimmer und das Gäste-WC glänzten mit neuen Fliesen und sanitären Anlagen. Nach dem ersten Rundgang sagte Siobhan: »Komm mal mit, ich muss dir was zeigen.«

Eines der früheren Gästezimmer war nun Roses Kinderzimmer. Dort fanden sich alle Spielsachen, mittlerweile auch die aus Brigadoon. An den Wänden hingen Bilder, die Rose gemalt hatte und eines, das Rose mit ihrer australischen Schulklasse zeigte. John sah sich um und erkannte den alten Schrank vom Dachboden wieder.

»Digory«, flüsterte er, »den Schrank habe ich nicht gefunden, nachdem Atkins ausgezogen waren.«

»Rory hatte ihn in Sicherheit gebracht«, erklärte Siobhan. »Ich glaube, das alte Ding ist es wert, nach so langer Zeit wieder im Mittelpunkt zu stehen.«

John strich über das glänzende Holz.

»Rory hat ihn aufarbeiten lassen. Das ist meine kleine Überraschung«, sagte Siobhan.

»Ich habe auch eine.« John nahm sie in den Arm, küsste sie und sah sie an. »Während der Zeit im Village Inn, unterhielt ich mich oft mit Martha. Das Hotel wächst ihr über den Kopf. Sie fragte mich, ob ich nicht jemanden kenne, der den ganzen Kasten als General Manager übernimmt und sie sich zurückziehen kann.«

»Das hat sie schon seit Jahren vor«, sagte Siobhan, »aber sie hat nie jemanden gefunden. Kaufangebote von Hotelketten hat sie immer ausgeschlagen.« Sie sah John neugierig an. »Und? Konntest du ihr helfen?«

Als John sie nur grinsend ansah und abwartete, begriff sie endlich.

»Ich musste ihr nur versprechen, Muriel nicht rauszuschmeißen«, sagte John lachend und drückte sie an sich. »Wenn du wieder Trails anbieten willst, können wir beides miteinander verbinden. Die Gäste, die bei mir übernachten, sehen sich mit dir die Umgebung an.«

Siobhan umarmte ihn so fest, dass er kaum noch Luft bekam. Unvermittelt löste sie sich, das Gesicht hochrot und glänzend. John fielen die ersten feinen Fältchen in ihren Augenwinkeln auf, die ersten vereinzelten grauen Haare. Doch sie strahlte wie nach ihrem ersten Kuss. Er zog sie wieder an sich und schob seine Hände unter ihren Pullover. Seine Fingerkuppen prickelten von der Berührung ihrer Haut.

»Das heißt, wir werden Geschäftspartner«, stellte sie fest.

»Ich weiß. Das ist der Plan. Selbst, wenn wir es versuchen, wir würden es nicht schaffen, uns aus dem Weg zu gehen.«

»Ich liebe diesen Plan«, rief sie, »und ich liebe dich, John.«

***

Ein dreiviertel Jahr später, rechtzeitig zu Saisonbeginn, eröffnete Siobhans Reiterhof. Die erste Gruppe wurde von Siobhan und Donna in die Berge geführt, und sie genossen das Frühlingswetter und die blühende Landschaft. Neben Siobhan ritt Rose auf ihrem Connemarapony, das sie Weihnachten als Geschenk bekommen hatte. Als sie in den Bergen Deccys Stein passierten, schloss Siobhan für einen Moment die Augen.

»Mommy?«, fragte Rose und sah zu ihr auf.

»Alles gut, *Honey pie*, alles ist perfekt.«

Rose grinste breit, und sie ritten weiter. Über ihnen fuhr der Wind sanft durch die Bäume und Sträucher, trug den Geruch des Meeres und des Torfes zu ihnen.

Heimat, dachte Siobhan, *drehte sich zu der Gruppe hinter ihr um, und meine Familie, mehr brauche ich nicht.*

Die auf dem Buchrücken zitierten Bücher-Blogs finden Sie hier:

http://daslesesofa.blogspot.de/
http://binchensbuecher.blogspot.de/
http://www.vielleserin.de/
http://www.drachenleben.de/

Wenn Ihnen

»Der Herzschlag Connemaras: Zwei Herzen«

gefallen hat, könnten auch die folgenden
Empfehlungen interessant für Sie sein:

NADINE STENGLEIN

Doubt

ZU WAHR, UM SCHÖN ZU SEIN

ROMANTIC SUSPENSE

MEIN KOPFKINO

Nadine Stenglein
»Doubt: Zu wahr, um schön zu sein«

Außer ihrer besten Freundin weiß niemand, dass die 28jährige Kathleen Forster die berühmte Thrillerautorin Kate Simon ist. In ihrem Haus in Neponsit, New York, hat sie ein Zimmer an Paul untervermietet. Der junge Mann hat sich angeblich soeben von seiner Frau getrennt und benötigt nur vorübergehend eine Bleibe. Er sieht blendend aus und ist sehr charmant. Kathleen fühlt sich sofort stark zu ihm hingezogen. Doch dann entdeckt sie mehr und mehr Hinweise darauf, dass es sich bei Paul um den gesuchten Mörder Jack Hope handeln könnte. Trotz der Schmetterlinge im Bauch beginnt sie, auf eigene Faust zu ermitteln - die Schlagzeile *Thrillerautorin überführt echten Mörder* vor Augen. Doch wie heißt es so schön? Wer sich in Gefahr begibt ....

ISBN: 978-3-9817967-5-9   Preis: 6,95 €

Eine klare Leseempfehlung! Eine gut durchdachte Story mit spürbarem Nervenkitzel und Spannung.
Bücherblog "Magische Momente"

Spannend. Dramatisch. Emotional.
Bookwormdreamers

Eine gelungene Mischung aus Krimi und Liebesroman.
Die zauberhafte Welt der Buchstaben

TANJA BERN

Distant Shore

1

Sterne der See

ROMANCE

MEIN KOPFKINO

Tanja Bern
»Distant Shore – Sterne der See«

Ben verliert seine Schwester Kristin an den Krebs. Vor ihrem Tod hatte sie für ihn einen Urlaub in ihrem geliebten Irland gebucht, weil sie ahnte, dass Ben dort zu sich selbst finden könne. Obwohl er keinen Bezug zu Irland hat, lässt er sich darauf ein und fährt nach Kerry. Dort begegnet er der Irin Hanna, zu der er sich sofort hingezogen fühlt. Aber sie verbirgt ein Geheimnis und hält Ben einerseits etwas auf Abstand, sucht aber andererseits auch seine Nähe. Ben verliebt sich in dieses wildromantische Land und verliert an Hanna sein Herz. Dann wird sie plötzlich vermisst, und Ben setzt alles daran sie zu finden.

ISBN: 978-3-9816987-4-9   Preis: 6,95 €

Ich verfolgte das Geschehen mit Herzklopfen
Bücherblog BuchZeiten

Eine mitreißende Romanze. Sehnsucht mit jeder Zeile
Bücherblog Literaturdinge

Ich konnte es nicht mehr aus der Hand legen.
Melli's Bücherblog

Es ist eines jener Bücher, die man genießt und an die man am nächsten Tag noch denkt
Bücherblog Fairy-book

Im KopfKino-Verlag sind bisher erschienen:

Thomas Dellenbusch
Der Matrjoschka Code
Das Testament
Der Nobelpreis
Der Weichensteller
Verstecktes Herz
Liebe ist kein Gefühl
Chase: Jagd auf die stumme Dichterin
Chase: Jagd auf einen König

Lilly M. Daniel
Auch die gute Hoffnung stirbt zuletzt

Pia Recht
Der Herzschlag Connemaras: Kastanienrot
Der Herzschlag Connemaras: Deccys Vermächtnis
Der Herzschlag Connemaras: Zwei Herzen

Tanja Bern
Distant Shore: Sterne der See
Distant Shore: Gold der Dünen
Distant Shore: Perlen des Meeres

Julia Bohndorf

Von echten Puppen, bitteren Pillen und erfundenen Paten

Nadine Stenglein

Doubt: Zu wahr, um schön zu sein

Annika Dick

Lovely Skye: Ein Sommer in Balnodren
Lovely Skye: Ein Herbst in Balnodren
Lovely Skye: Ein Frühling in Balnodren

Alle Geschichten sind auch als
eBook oder Hörbuch erhältlich

Ausführliche Lese- und Hörproben finden Sie auf
MeinKopfKino.de

Pia Recht wurde 1966 in Düsseldorf geboren. Die gelernte Einzelhandelskauffrau arbeitet inzwischen als Projektassistentin einer internationalen Firma für klinische Forschung. Als Autorin konzentriert sie sich auf irische Geschichten, schreibt aber auch Liebesromane, Science-Fiction, Fantasy, Krimis, Tier- und Kindergeschichten. 2013 ist sie nach Mettmann aufs Land gezogen und lebt in einem kleinen Haus auf einem Reiterhof mit eigenem Pferd. Sie verbringt jeden Urlaub in Irland.

Pia Recht im KopfKino-Verlag:
»Der Herzschlag Connemaras: Kastanienrot«
»Der Herzschlag Connemaras: Deccys Vermächtnis«
»Der Herzschlag Connemaras: Zwei Herzen«

und der Sammelband:
»Der Herzschlag Connemaras: Die komplette Trilogie«
ISBN 978-3-9818651-1-0